押井 守

凡人として生きるということ

GS
幻冬舎新書
090

凡人として生きるということ／目次

編集協力 原田康久

はじめに

映画監督は、映画を語るべきではない。僕はずっとそのように考えてきた。映画監督にとっては発表した作品がすべてであり、それに解説を加えることも、講釈することも、意図を伝えることも余分なことだと考えていた。

同じように、いやしくも映画監督を標榜しているからには、現代社会や世相のありさまを表現することは、映像によってなすべきであると考えてきた。それ以外の表現は、映画監督にとってはすべて余分なものであり、本来であれば無用のものである、と。

最近はすこし違う考え方をするようになってきている。

かつてこの国では、映画監督が鋭い映像感覚によって社会を切り取り、社会評論家や批評家が鋭い言葉によって社会に光を当てるという責任分担ができていたと思う。しかし、最近はどうだろう。この分業制がうまくいっていないように感じるのだ。

いつのころから、こんなことになってきたのだろうと思い返すと、数年前のある残酷な殺人事件に思い至る。少年が幼い子供を、これ以上ないというほどの残忍な方法で手にかけた事件を目の当たりにして、僕らは話すべき言葉をなくしてしまった。そして、社会評論家もまた言葉を失い、批評家は押し黙ってしまったように見える。

事件のあまりの衝撃性に、僕らは僕らが構成するこの社会を適切に分析することができなくなってしまったのだろうか。それなのに（いやそれだからこそ、と言えるのかもしれないが）嫌な事件は次から次へと起きている。カルト教団による悲惨な事件や通り魔による不条理な殺人事件を目にするたびに、僕らは口をつぐむばかりなのである。

あるいは「ゲームのやり過ぎだ」「現実感の喪失だ」と現状を追認するような陳腐な言葉だけが、批評家の口から漏れ出てくるのを聞くたびに、僕はやりきれない思いを抱えずにはいられなかった。目の前の事件に目を奪われ、世間をとりあえず納得させるだけのために解説してみせるような、そんな底の浅い観点でしか社会を分析できないならば、僕らは悲惨な事件に対抗する有効な手立てを持ち得ないと思うのだ。

だからといって、僕がその役を買って出ようと思ったわけではない。ただ、こんなふうに思うのである。悲惨な事件が続発するのも、若者が未来に希望を持てなくなっているのも、少子化が異常な速度で進むのも、あるいは親による子供の虐待が増えているのも、すべては根っこに同じ原因が横たわっているのではないか。一見別々の現象に見える、これらのことはどこかでつながっているのではないか、と。

本書については、僕が今、感じていることを赤裸々につづったつもりだ。だからここに記されていることは、あくまでも個人的な意見である。偏見もあるし、独断も含まれる。それはお許しいただきたいが、それでもなお、本書がこのろくでもない世界を理解し、これに対処するための何かの役にたつのであれば、望外の喜びである。

僕は多くの人に映画を見てほしい。そして本書も手にとっていただきたい。僕が映像だけで伝えられなかった言葉が本書にはつづられており、僕が言葉にできなかった思いが映画には描かれている。そして誰かが、僕の能力不足で言葉にできなかった問題意識を、もっと的確に言語化し、この世界にひと筋の光を当ててくれることを切に望んでいる。

残念ながら人は誰も、生まれてくる時代と場所を選べない。僕らはどんなに苦しくても、この時代を生きていかなければならないのである。

第一章　オヤジ論

オヤジになることは愉しい

若さに価値などない

この世界には、いつの間にか僕らがすっかり信じ込まされたデマゴギーが飛び交っている。例えば「若さにはかけがえのない価値がある」という言説だ。

この言葉は、「まぶしいほどの若さ」とか、「若者の特権」とか、いろいろと形を変えて何度も何度も強調されるうちに、誰もが信じて疑わない真実として、すっかり人々の間で定着してしまった感がある。

だが、若さに価値があるなどという言説は、実は巧妙に作られたウソである。もしも本当に若さそのものに価値を見出《みいだ》している者がいるとしたら、それは戦争を遂行中の国家ぐらいのものだろう。人間を一つの兵器、兵力として見るなら、なるほど若さには一定の価値があるかもしれない。

そう考えると、もともとこのデマゴギーはずっと昔、例えば戦国の時代などに意図的に流されたものかもしれない。しかし今や、当初の意図はすっかり忘れ去られ、誰もコントロールしないうちにデマだけが自立して、あたかも宇宙の真理でもあるかのように信じられるようになってしまった。独裁者のいない独裁国家のようなもので、デマゴーグなきデマゴギーは始末が悪い。

現代の日本に限って言うなら、若さそのものには何の価値もない、と僕は断言できる。だからといって、若者は何も絶望することはない。いやむしろ、若さに値打ちなどないからこそ、人生は生きるに値するものなのだ、ということに気づけばいいのだ。

その理由は後述するとして、さて「若さには値打ちがある」と言われて、嫌な気持ちになる若者は多くはないはずだ。なぜなら、若者にとっての最大の強みは若さしかないからである。その若さに価値がないとなったら、自分は価値のない人間になってしまう。だから、若者は自分の若さを誇りにしたい。「若さは価値だ。オレはまだ若い。腐ったオヤジどもとは違う」。そう思えば多少は気分もいいだろう。

もちろん世間も「若さは価値」という考えを否定しない。「若いっていいことだね」「若くてうらやましいね」などと、中高年からは言われ、やっぱり若さはかけがえのない価値だ、年は取りたくない、と信じてしまう。

しかし、実は若者はそうやってだまされ続けているのだ。いや、だまされているのは若者だけではない。若者へのへつらいで言っているならともかく、本気で若さに憧れ、「若いっていいことだ」とうらやんでいる中高年もいる。

ところがそれが、すべて巧妙に作られたデマだと、僕は主張しているのだ。

無意味に消費する若者たち

ではなぜそんなデマが流布されるようになったのか。何の目的があって、そんなデマで若者をだまそうとするのだろうか。結論から先に言うと、それは「若さは価値」という考えが、ある種の経済効果を生み出すからだ。

「若い」ということの意味は、生まれてから時間が経《た》っていないということだが、それ以外には、経験が足りない、分別がない、しっかりした考えを持っていないとまあ、そんなものだろう。

分別がないから、若者は無意味なことにお金を使ってしまう。本人には重大な意味があるように思えるものも、オヤジの目から見たら、無意味にしか見えないものだ。

例えばファッション。個性を表現する手段として、多くの若者がファッションにお金をかける。自分の個性やセンスを証明する手段として、大量生産品の靴や服を得意気に身にまとっている。だが、本来それは、個性やセンスとはまったく次元の異なるものであり、若者は自分が単なる消費者に堕していることさえ気づいていない。

一方、オヤジたちはそんな無駄なものに金を使わない。大量生産品を身にまとって発揮する個性など、本当の個性ではないことを知っているからだ。むしろ、オヤジは若者をだまして、経済効果を狙っている方である。

ところが若者の目には、ダサい格好をしたオヤジたちが腐って見える。「ああいうふうにはなりたくない」と思う。自分たちの個性と信じているものの正体が実は、その軽蔑するオヤジたちが巧妙に仕掛けたものだったとも気づかずに、である。

本当ならば若者は消費単位としても、あまり価値はない。お金を持っていないのだから、これは当然のことだ。ましてモノを作る人間としては未熟で、ますます価値が低い。社会にとって、若者の利用価値はそれほどまでに低いのだ。だが、オヤジたちは自分の都合のいいことにしか、金を使おうとしない。オヤジは簡単にだまされないし、無意味なことには興味を示さない。そうなると、やはり若者からお金を引き出すしかなくなるのである。

若者ぶるオヤジの愚かさ

最近では、若者だけではなく、オヤジ自身をもだまそうと企《たくら》む輩《やから》も出てきた。少子化のために若者が減ってきたので、だますべき相手が少なくなってきたからなのか、それとも、もっと金のあるやつから金を引き出したほうが効率的だと考えたのか、その理由は分からない。

ただ、現実として、「ちょい不良《ワル》」的な生き方がかっこいいなどという宣伝をして、オヤジたちをその気にさせようと狙う雑誌も現われている。しかし、映画やテレビの主人公や、雑誌のファッションモデルに憧れて、同じ服を買ったり同じ店に行ったりするような行動は、そもそも分別のない若者だからこその行動だったはずである。

本当に分別のあるオヤジならば、映画やテレビの虚構の人生に共感することはあったとしても、ファッションやスタイルをそのまま真似するような行為には走らなかったはずだ。それを、「ちょい不良《ワル》がかっこいい」などと提示された、表層的な、しかも虚構のスタイルに本気になって踊らされ、自らだまされる側に回るオヤジがいたとしたら、本当に救いがない。

それどころか、若い人と同じことをやろうとして、ファッションや車に走り、それがかっこいいなどと思っている中年もどうやらいるらしい。僕に言わせれば、彼らは単に未熟なだけであり、成熟した大人の分別を持つオヤジとは、到底言えないと思う。

そもそも、「趣味は車」などというオヤジの実態は、ローンを組んで外車を買ったとか、シートを替えたとか、しょせんその程度のことだろう。趣味といっても、車は単なる工業製品に過ぎない。欧州車を選ぼうが、中古のアメリカ車に乗ろうが、国産のハイブリッド車だろうが、それはセンスや個性とは何ら関係ないことなのだ。

本当に車が好きだと言うなら、ガレージでエンジンから組み立てるぐらいのことをしてはどうだ。「車が趣味」とか、「自分の個性」などと主張するなら、せめてその程度には車に没頭してから言うべきだろう。単にカネを出しただけで手に入れたものは、趣味とはとても言えないと思う。

趣味というなら、家族に隠れてこっそりプラモデルを作っているオヤジの方が、よほど趣味に徹している。家族には理解されず、まして、同じキットを三セットも買って、嬉々として彩色をほどこす。次第に買っただけのキットに飽き足らず、自分で部品を作り出すようになる。こうなれば、プラモデルといえども作品と呼べるし、立派な個性の発露となる。しかし、それでも家族には分かってもらえない。この趣味がばれた日には、思い切りバカにされるのは目に見えている。そこでどこに隠そうかと苦心惨憺《さんたん》している。

何かの雑誌で読んだが、プラモデルオヤジは、自分のキットを放置された洗濯機とか冷蔵庫とか、車のトランクの中とか、そんな場所にこっそり隠しているそうだ。このオヤジはなかなか偉いと思う。バカにされることを百も承知で、自分の趣味のために、そんなことまでして戦っているのだから。

もちろん、僕は車やファッションに金をかけることそのものを、否定しているのではない。店で買ってきた服や靴、外を走れば同じ形の車に何台もすれ違う規格品の車なんかで、自分の個性をアピールできると本気で信じることがアホなのである。

「ちょい不良《ワル》」などと呼ばれ、経済効果を狙ったただのデマゴギーに乗っかることが恥ずかしい。ところが、これを仕掛けている方は「ちょい不良《ワル》」どころか、「極悪」だ。

悪と呼ぶのは、反社会性があるとか、そういうことではなく、したたかにやっていると、そのような意味である。

モノを売る側は、いろいろと工夫を凝らして売ろうとする。それはエンタテインメントだろうが、日常的な商品を売ろうとするメーカーだろうが、同じことだ。

「若さに価値がある」という言説をテーマにして、若者を狙った映画だって現に存在する。いや、まばゆいばかりの青春を描いた作品は古今東西、数限りなく存在する。すると若者たちは大挙して、映画を見に行く。映画の中の恋やカタルシスに陶酔する。

「若さに価値がある」という言説を僕はデマゴギーだと指摘しているが、しかし、そのデマを主題にした映画が見るに値しない作品かというと、そうとは言えない。映画が真実しか描けないのであれば、ＳＦやファンタジーの宇宙戦争も魔法学校もすべて描けなくなってしまう。

だが、映画の中で宇宙戦争や魔法学校が描かれているからといって、現実世界では魔法学校に入学することも、ワープ航法で宇宙の果てまで旅行することもできないように、映画の中で輝く青春が描かれているからといって、それがあたかも現実に存在すると思い込むのは早計だと主張しているのだ。

青春は本当に輝いていたか

僕は映画『スカイ・クロラ The Sky Crawlers』[*1]で、年を取ることをしない若者たちを描いた。若さに絶対的な価値があるのなら、彼らこそ人間の理想の姿になるはずだ。彼らは永遠に続く青春を謳歌することができたはずなのだ。だが、そうはならなかった。彼らは大人になれないという残酷な運命の中で、もがき、諦《あきら》め、苦しむ。

現実には人は年を取り、青春は失われる。だからこそ人は、それを惜しむ。青春はいつか記憶の中だけできらめく、過去の遠い思い出になる。そうなって初めて、人は失った若さがかけがえのないものだったと思う。つまり、若さの価値とは、記憶の中だけにある幻影のようなものでしかない。

しかし、美化されずにいた過去は、それほどまでにまぶしく輝いていたか。

若さゆえに苦しんでいる若者を、僕はたくさん見てきたし、僕自身もそういう若者のひとりだった。現代の日本には、今にも窒息しそうな若者がうじゃうじゃいる。僕はこういう仕事をしている関係で、そんな若者たちの悲鳴を何度も聞いてきた。『うる星やつら』[*2]のテレビシリーズを手掛けていたころは、「番組が放送される三十分しか生きている気がしません」という手紙をいくつももらった。その子らにとっては、アニメーションだけが生の実感を得られる瞬間だったわけだ。そんな子は当時も、決して少数ではなかった。

僕はそんな子供たちに、カタルシスを与えることがこの仕事の社会的使命だと教わった。せめて三十分だけでも、子供たちに生きている実感を味わってほしいと、確かに僕もそう思った。だが、それだけで本当にいいのだろうか、という思いも同時に抱えていた。

彼らの日常が苦しみに満ちているように、テレビという架空の世界でも苦痛の青春を送っている主人公を描くべきではないか、という思いもあった。しかし、当時の状況としてはそんな作品がヒットするはずもなかったし、青春の痛みや若さの苦味を描くのは、一介の駆け出しテレビアニメ演出家にはとうてい許されることではない。だから、僕自身も理想的なキャラクターを元気にセル画の中で飛び回らせ、若者たちに幻想を振りまいた。それを生業《なりわい》にしてきた。つまり、僕もデマゴギーに加担してきたひとりなのである。

若者は簡単にだまされる。そして、悲痛な叫びの手紙を送ってきた子を、僕はだましていたことになる。

世間にはびこるデマゴギー

専門学校というシステムがあるが、あれはシステム自体が虚飾だと、僕は思っている。看護師とか保育士を養成するような学校であれば、業界側にそれなりの受け入れ態勢が整っているだろう。しかし、映画とかアニメーションとかカメラといった、独特の小さな業界を対象とした専門学校は何のために存在しているのだろうか。

例えば、映画監督になりたければ、映画専門学校に行けばいいのか。確かに、そんな幻想があるのかもしれない。しかし、業界に身を置く人間として言わせてもらえば、本当に映画をやりたいのなら、専門学校なんかでのんびり授業を受けている暇などないはずだ。

毎年多くの卒業生を送り出して、いったい何人がその世界に入っていけているのか、ということである。本当に映画業界に入る気があるのなら、スタジオにでも飛び込んでアルバイトでもして、実地で学んでいくほうが手っ取り早いはずだ。企画書の一本でも書いて、業界の人間に見てもらうほうがいいはずだ。

だが、専門学校にニーズはあると思う。それは、専門学校に通う生徒ではなく、その親、つまりオヤジ側のニーズである。

例えばこんなケースだ。本当は、高校を出たら子供に地元で就職してほしいと願っている親がいる。だが、子供の方は映画監督になるなどと夢を見ている。本気で監督になりたいのであれば、どんな手段を使ってでも業界入りすることは可能なはずなのに、どうもそれほどの熱意はなさそうだ。かといって「お前には才能も熱意もない。とっとと就職しろ」と強制したら、反発して家を出るかもしれない。

そこで登場するのが専門学校だ。どうせろくに勉強などしないはずだし、そのうち熱も冷めて帰ってくるだろう。二年くらい子供に夢を見させてやってもいいか、といった具合だ。

　だが、通っている子供の方は、こんな親心のために叶わぬ夢を抱き続けることになる。映画専門学校に入ったのだから、映画監督になれるかもしれないといった自己幻想の中でもがくことになるのだ。しかも、世間では「若さは無限の可能性」などと言われる。だから、若さを持っている自分には可能性がある、と思い込むことになる。映画専門学校という大人の理屈で成り立つ虚飾の中で、「若さの可能性」に翻弄《ほんろう》され、自分の本質を見失ったまま、ほんとうは可能性などない「可能性」にしがみつく。そして夢破れて故郷に帰る。若者たちの思いを置き去りにして、学校運営というシステムと経済行為だけが肥大し、親と学校の共謀による幻影を子供たちは見せられているだけではないのか。

　だから、僕が若者に言えるのは、「今の自分は何者でもないし、平凡な人間なのだ」とまずは気がつくことが重要だということだ。本来の意味の可能性はむしろ、そう気づいたところから始まる。映画専門学校を出れば映画監督になれるかもしれないといった漠然とした幻想ではなく、本当に自分がやりたいことを見据え、そのために今自分がやるべきことは何かを見定めることから、やり直すべきなのだ。

「ウソをついてはいけない」というウソ

デマゴギーはこの世界に満ちている。人々がそれに気づいていながら、気づかないふりをしているデマもある。かつては「共産主義が人民を幸せにする」という大デマがあったし、後の章で述べるが「民主主義は平和的なシステムだ」というのもある。さらに身近なところでは、「ウソをついてはいけない」というのもある。

ウソをつかないで生きていくことなどできないことを、世の中の人は誰でも知っている。日常のあらゆる局面にウソは存在する。やむにやまれぬウソだけでなく、ささいなことや、大きなこと、相手のためを思って、あるいは自分のために、人は平気でウソをつく。

これだけウソがまかり通っているのに、「ウソはいけない」という掛け声だけが叫ばれる。特に子供たちは親から「ウソはいけない」と教え込まれる。だが、当の大人は当然のようにウソをつく。

それはそうだ。誰もが正直者になったら、必ず誰かを傷つけることになる。心に思ったことを包み隠さず正直に話したら、家庭は崩壊するし、社会は成り立たなくなる。それほどまでに、ウソは必要なものだ。

当然のように、子供たちは大人たちがウソをついている場面に、幾度となく接することになるだろう。そして「お母さんはいつもウソはだめだと言って、自分はウソをついているじゃないか」と子供に糾弾されることになる。親は返答に困り、「お前もいつかは分かる」と答えるのが関の山だ。

要するに、ついてもいいウソと悪いウソがあって、大人になれば、それは誰もが自然と使い分けるようになる。「ウソをついてはいけない」という教えそのものが、実はウソだったと気づく。

大人になるということは、そのあたりの機微が分かるということだ。つまり、自分の経験を武器に、世間で流布されているさまざまなデマゴギーの正体を見破って、事の本質が見えてくるということでもある。大人になる、つまり僕がオヤジになる、といっていることの意味はそういうことだ。

「若さは価値」というデマは、「ウソをついてはいけない」というデマよりはずっと巧妙に人々の心理に浸透しているので、成長してもその虚飾性に気がつかず、いつまでもデマに引きずられているオヤジがいる。それが先ほど述べた「ちょい不良《ワル》」オヤジや、若作りオヤジや、車が趣味オヤジだ。

しかし、いったんデマを見破ることができれば、少なくともそのイデオロギーから自由になれる。「必要に応じて、ウソはついてもいいのだ」と分かれば、ウソを使わないで生きるよりはずっと上手に、世の中を渡っていける。

「若さに価値がある」という言説がウソだと気づけば、年寄りは若者に嫉妬したり、若ぶったり、年老いた自分を嘆いたりせずに、自分らしく、年相応に生きることができる。若者は、自分が日ごとに年を取っていくことを嘆く必要がなくなる。今日よりはあす、あすよりはあさってに希望が持てるようになる。

それは、一つのデマから解放されて、自由に生きられるようになる、ということではないだろうか。

若いうちの失敗は許されない

若いということは経験が足りないということなので、当然、若者はあらゆることで失敗することになる。そこで生まれるのが「若いうちの失敗は許される」といった新たなデマだ。

だが、これもおかしな話で、失敗などというものは若かろうが、年寄りだろうが許されるものではない。もちろん、未成年の刑事犯罪は罪一等減じられるが、それとて社会的には許されたわけでは、もちろんない。罪は罪である。

いや、むしろ日常の失敗で言えば、若者の失敗より、オヤジの失敗の方がはるかに許されるはずだ。新入社員が仕事で大失敗したら、許されるどころか大目玉である。下手をすればクビになる。だが、幹部社員やベテラン社員だと、頭ごなしに糾弾されることも次第になくなってくる。

若いころは失敗の連続で、失敗してはしかられ、怒られるうちに経験を積み、次第にオトナになっていく。そのことについては後の章でも詳述するが、失敗して手ひどい目に遭わないと、人はオトナに、オヤジになれない。「若いうちの失敗は許される」というデマはおそらく、「失敗を恐れるな」ということを言いたいだけであって、それでもウソであることに変わりはない。

若さに関するデマは本当にさまざまあって、「若さは純粋」などと言われることもある。純粋というなら、実はオヤジの方がはるかに純粋だ。どういう点が純粋かというと、オヤジたちは自分の欲望に対して純粋なのである。オヤジは自分がやりたいことが、はっきりと見えている。世間のデマに惑わされた価値観ではなく、自分の本質を見極めたうえでの欲望のありかが分かっている。

欲望というのは、何もドロドロした欲のことを言っているのではなく、自分が大事にしているものの姿が見えているということだ。

「家族を守る」という欲望に忠実に生きているオヤジだって、世の中にはたくさんいる。休みの日はジャージーを着て、一日中ゴロゴロしていたとしても、彼の中には明確な目的がある。家族の生活や安寧を守ることだ。彼にとっては、洋服や車に無駄な金を注《つ》ぎ込み、カッコいいオヤジになることの無意味さを、分かっているだけなのだ。

そうやって自分のことには金を使わず、家族の生活を守っていても、自分の娘からは「うちのおとうさんはダサい」などと非難されることになる。この場合は、娘の方に本質がまったく見えていないだけなのだ。

自分のことを言えば、僕は物事の本質をあぶり出したいという欲求に対して、忠実に生きている。見栄や外聞に流されたくはないし、責任の取れないことはしたくない。

自由自在なオヤジたちの生き方

だが、オヤジは大人なので、本音と建前を使い分けることができるし、建前に準じて生きていこうとする人もいる。それはそれで本人の自由である。問題は、建前に準じた生き方をしていたとしても、自分のやっていることの正体が分かっているか、ということだ。

若者に対して「君たちはかけがえのない青春の中にいる。今この瞬間を大切にして生きろ」と諭す教師もいるだろう。そして、その言葉には何の問題があるわけでもない。その教師は、建前に準じようとしただけなのだ。

あるいは別の教師が、「大人になったら楽しいことが山ほどある。今はつまらないことばかりかもしれないが、将来に夢を持って、この日常を生き抜け」と言ったとすれば、彼は本質に準じようとしたということだ。

どちらの言葉が素直に若者の胸に届くかは、僕は教育者ではないので分からない。ただ、二人に違いがあるとすれば、自分の信念を若者に伝えるための道具として、片方は建前を、片方は本質を使ったという、ただそれだけのことなのだ。

これは映画制作者としての、宮崎駿[*3]監督と僕の違いでもある。宮さんは青春を賛歌する作品を作り、僕は青春の苦味を描こうとしている。宮さんの映画に出てくる少年少女はどれも健全で、まっすぐで、若者にはこうあってほしいという彼自身の思想が表れている。僕の映画には、彼の作品に出てくるような若者は登場しない。

宮さんと僕の間に違いがあるとすれば、若者の姿に限って言えば、宮さんは建前に準じた映画を作り、僕は本質に準じて映画を作ろうとしているという、映画監督としての姿勢の差異だけだ。宮さんだって、事の本質は見えているはずで、あえて本質を語っていないだけなのだ。オヤジというものはそういう生き方もできるのである。

先ほどの教師の例もまったく同じだが、ただし前者の教師が、心底「若い君たちがうらやましい」などと思っているとしたら、それは問題だろう。その教師はただの未熟者であり、教師たる資格はない。

建前と本音を使い分けることができるオヤジは、自分の都合で平然と世間のデマゴギーに加担することもできる。だが、経験の少ない若者は、そんなオヤジの心の底を見通すことなどできない。だからデマに流される。僕にしても、ふだんジーンズをはいて、カジュアルな格好をしているので、「その年には見えませんね」と言われることがある。

ふだんはそういう格好をして、若者に向けた映画を作っているわけだ。この格好の方が、押井守の姿としては、なかなか都合がいい。つまり、オヤジはこうして、必要によっては若ぶることもできる。

それに僕自身の好みで言えば、やはりジーンズはスラックスより楽チンだ、という単純な理由もある。スラックスをはけば革靴をはかざるを得ないと思うが、ジーンズだからスニーカーで十分だ。逆に言うと、スニーカーをはくためにはジーンズが合うのであって、自動的にこの格好に収斂《しゅうれん》していく。

最近、空手を始めて、ずいぶんと腹を引っ込めたおかげで、いろいろな服を着られるようにもなった。確かに元気を得て、いいことは増えた。おそらく高校生とけんかしても、勝てるかどうかはともかく、少なくとも負けないだけの体力と気力を得たつもりだ。

さっきは「若ぶったオヤジは未熟者だ」と書いたが、僕はスニーカーをはいていても若ぶっているつもりはまったくない。若者をうらやましいとも思わないし、若く見られたいと思っているわけでもない。

では、スニーカーをはいて若ぶるのと、スニーカーで空手道場に通うのと、いったい何が違うのか、結局は同じじゃないかと思う人もいるだろう。確かに外見的には両者は似たようなものに見えるかもしれない。

だが、僕が空手を始めて体力をつけたのは、何も若返りたいからではなく、映画監督という体力勝負の商売をしている以上、気力体力が欠かせないからである。そして、会社勤めと違ってスーツを着る必要がないから、ジーンズにスニーカーをはいている。

道場通いのおかげで、オヤジ狩りにあっても反撃できる力を得たが、オヤジという場から撤退するつもりはない。都合が悪くなれば、身体的なオヤジにさえ、いつでも戻ることはできる。いざとなれば周りの若いスタッフに、「もう還暦間近なんだよ」とか、「年寄りなんだから、もっといたわってよ」とか主張すればいいのであって、強者と弱者の両岸を自由に行き来できるようになっただけだ。

だから、オヤジはあえてオヤジらしいオヤジを演じる必要もない。ダボシャツに腹巻、ステテコをはいて、団扇《うちわ》をぱたぱたと扇ぎながらビールをあおる、などというのはザ・ドリフターズのコントのオヤジであって、あれがオヤジの本質ではない。

必要がなければジャージージーで一日ごろごろするし、ファッションメーカーに勤めているのであれば、仕事の信用の都合上おしゃれにも気を使うことになる。こうやって考察を重ねていくと、つまり「オヤジかどうか」ということは結局、外見の問題ではないことが分かる。

外見の問題でなければ、内面の問題ということだ。そしてそれは、自由に生きる、というただそれだけのことだ。デマに惑わされることなく、人生の選択肢を自分で選べるようになる、ということだ。

だが、今まで若ぶることのみを目的としていた人は、ここで一旦、目的を失ってしまう。若ぶる必要がなくなったら、いったいどんな格好をしたらいいか。だが、一度は戸惑ってみてもいいではないか。若さに価値がないと分かったのだから、新たな価値は自分で探せばいいのである。

それが大人の分別だ。人からの押し付けやデマゴギーではなく、ちゃんと自分の頭で考え抜いて、自分なりの価値を探すのだ。仕事でも、家族でも、世界平和でも、革命でも、何でもいいが、自分が準じる哲学を自分の手で勝ち取るのだ。

「セカンドライフで田舎暮らし」とか「引退後はソバ打ち、陶芸三昧」とか、本当にそれがしたいことならいいが、世間で流布されたデマかどうかを注意深く見抜き、その上で自分が本当にしたいことを探し出す。そうすれば自分で自分の人生を選んだことになる。

判断基準は自分の中にしかないということに気づくことが大切なのだ。そうやって内面における自由を得られるということが、オヤジになるということの本質なのである。

崩れたオヤジ認定制度

ここまでの記述で、僕がオヤジと呼ぶ存在の本質が多少は分かってもらえたと思うが、そのオヤジのあり方も時代の変化によって変わってきている。かつては、オヤジへの道は一方向でしかなかった。結婚して、子供が成長し、いわゆる家長となったときに、人はオヤジと呼ばれた。いわば、社会公認のオヤジ認定制度があった。社会から認定されて初めて、「あなたはオヤジです」と認められ、オヤジの特権が与えられた。

その代わり、本人が望まなくても、オヤジ認定はされたし、結婚しないと白い目で見られた時代には、ほぼすべての男が最終的にはオヤジに認定されてしまい、オヤジらしく振る舞うことを要求された。

ところが、家族制度そのものが崩壊の途上にある現代社会では、まず、この認定制度が先に崩壊してしまった。だから、今やオヤジ認定は自己申告制だ。オヤジ認定されたくなければ、いつまでもオヤジらしくしなくてもすむ社会環境が現われたのだ。

今は未婚を通しても、親からはともかく、周囲からとやかく言われることはないし、いい年の中年がエッチな人形を集めていても、社会から糾弾されることはない。そんな人間はアニメーションのスタジオにはごろごろいる。

昔はさまざまなことを諦めることで、人はオヤジになった。今は何ひとつ捨てずに、オヤジになることもできる。オヤジとしての生き方の幅ははるかに広くなった。

つまり現代では、オヤジになることに資格はいらないのである。例えばどんなに若い青年でも、一人者でも、オタクと呼ばれようと、オヤジになることはできるのだ。

オヤジを目指して生き抜け

重ねて強調するが、オヤジになるということは、融通無碍《ゆうずうむげ》に生きる術《すべ》を身につけ、精神において自由を得るということだ。僕自身、若いころは教条的な思想にがんじがらめになって、自分がやりたいことの本質も見えず、ずいぶんと苦しい思いをした。

人生はかくあるべし、という思いにとらわれて、余分なエネルギーを無駄なことに使い、人を傷つけ、自分も傷つき、ずいぶんと遠回りをして、ようやくオヤジの仲間に入った。オヤジになって、精神の自由を得た今、人生はなんて楽なんだろうと、しみじみ思う。

あらゆるデマや様々なくびきから解放された時、人はこれほどまでに楽に生きることができるようになるのだと、しみじみ感じている。だからもう二度と再び、若者には戻りたいとは思わない。

さて、ここでもう一度、世間に流布される「若さにはかけがえのない価値がある」という言説を思い返してほしい。そんなものは単なるデマに過ぎないと、我々は今知ってしまった。

だが、すでに冒頭でも書いたように、若さだけがとりえの若者たちは、何も絶望することはない。これから若者たちは数々の経験と失敗を積み重ね、少しずつオヤジに近づいていく。そのとき、肉体の衰えだけを重ねていくのではなく、それに比例して、心の自由を得ていけばいいのである。

若さに絶対的な価値があるなら、若者の人生はこの先、ただ衰えていくためだけに存在するようなものだ。であるとすれば、かりそめの価値におぼれて、今ここで生を潔く終えることが、最も美しい生き方ということになってしまう。

だが、真実はそうではない。

若者たちは自分の若さに何の価値もないと知っても、絶望することはない。若さそのものには価値がないとしても、無知な若者が一日一日と年を重ねて、この世界で生き抜き、やがては一人前のオヤジになっていくことには、かけがえのない価値があるからだ。

＊1—『スカイ・クロラ The Sky Crawlers』(2008)……森博嗣原作。押井守監督のアニメーション映画。完全な平和が実現した世界で、大人たちが作った「ショーとしての戦争」。そこで戦い、生きることを決められた、子供たちがいる。思春期の姿のまま永遠に生き続ける彼らを、人々は《キルドレ》と呼んだ。空と地表の境で繰り返される、終わらない、愛と生と死の物語。

＊2—『うる星やつら』……高橋留美子原作。女好きの諸星あたると、彼に恋する異星人のラムが繰り広げるラブ・コメディー。1981—86にアニメ化され、押井は初代チーフディレクターを務めた。

＊3—宮崎駿(1941—)……アニメーション監督。『ルパン三世　カリオストロの城』(79)で劇場用アニメ監督としてデビュー。代表作は『風の谷のナウシカ』(84)『となりのトトロ』(88)『もののけ姫』(97)『千と千尋の神隠し』(2001)『ハウルの動く城』(04)ほか。押井とは70年代から交流があり、宮崎監督作品『天空の城ラピュタ』(86)公開後、ともに北欧を旅したことも。

第二章　自由論

不自由は愉しい

他人の人生を抱え込むことは不自由か

前章で、僕は若者のことを「物事の本質が見えていない」と批判した。本質が見えなくなると、人生において何が重要で、何が重要でないかまで見えなくなってくる。だから、何事においても本質を見定めようとする姿勢は大事で、物事の表面だけを見ていては生き方を誤ることになりかねない。

例えば、自由について考えてみよう。人は誰もが自由でいたいと願っている。「人間は自由であるべきだ」という命題に対して、反対する人はいないだろう。

だが、本質を見極める人間になるためには、「人間は自由であるべきだ」という言説で満足してはいけない。さらに、その先を考えないといけない。つまり、「人間は自由であるべきだが、そもそも人間の自由とは何なのか」というところまで意識を上げるべきなのだ。

自由とは不自由の反対である。だから、「自由は何か」を考える時、とりあえず「不自由とは何か」を先に考えると、都合がよさそうだ。不自由とは何か、を考えてみよう。

すぐに考え付くのは「結婚」である。特に男にとって、「結婚」とは不自由と同義であると洋の東西を問わず言われる。もちろん、これは現代日本にも当てはまる。配偶者を得るということは不自由なこと。好き勝手に使っていたお金が半分になる。ひとりで占領できたベッドの半分に他人が寝ることだからだ。

さらにその先を考えてみよう。すぐに思いつくのは「子供」である。子供が生まれたら、相当の不自由になる。小さいうちは日々を子育てに追われることになるし、休日を好きな趣味に当てることもできなくなる。中学、高校、大学と長じれば、教育費がかさむ。

年老いた「両親」も不自由な要素に入れていいだろう。老親の面倒を見なければならないなんて、それこそ不自由の極み。そのおかげでどれほどの人が苦しんでいることか。

さて、こう考えていくと不自由とは、要するに他人の人生を抱え込むことなのだと、思いつく。配偶者、子供、親と、そんなものを抱え込む度に人は不自由になっていく。かつては結婚の理想の相手を「庭付きカー付きババア抜き」と言ったり、今でも子供のいる人を「コブ付き」と言ったりするのも、そういう意識の表れであろう。

ひとりで生きることは本当に自由か

さて、だいたい不自由の正体が分かった。だから自由とはその反対ということになる。結婚はしない。子供も持たない。親の面倒などもってのほか。たったひとりで生きていくことが最高の自由。自由ほど価値のあるものは人間世界には存在しない。つまりは孤独こそが、この世の最高の価値だ。

ひとつの結論が出たが、もちろんこの結論は間違っている。「青春は価値」というデマゴーグの歴史は古いが、「ひとりでいることが最高の自由」という言説は、最近になって流行し始めたデマのひとつである。

そんなバカな、と思われるかもしれない。先ほど「ひとりは自由」の結論を得た思考の過程に間違いはなかったはずだ――。いや、我々はひとつ重大なミスを犯していたのだ。自由とはそもそも状態のことを指すのではなく、行為のことをさす言葉なのである。他人と一切関わらない状態を自由と呼ぶなら、無人島でひとり暮らしでもしてみるしかない。

それが本当の意味での自由か、と考えてみればよい。無人島は極論としても、なるべく他人と関わらず、それどころか、親や兄弟とも距離をとり、愛する人にも巡り会わず、それが価値のある生き方と言えるだろうか。

前章でも述べた通り、若さには「価値」がない。しかし、それはあくまで社会から若者一般を見た場合の「価値」である。もし、ひとりの若者に恋人がいたとすれば、その恋人から見た場合、彼、もしくは彼女には限りない「価値」がある。親から見た時、子に価値がないはずはない。前章では個々人の「価値」について述べたつもりはない。

逆に言うと、たったひとりで、誰とも関わりを持たずに生きようとする若者がいたとすれば、その人間は社会的にも、そして個人としても価値がないということになる。

幅のある生き方こそが本当の自由

スタジオジブリ[*1]の鈴木敏夫[*2]プロデューサーを先ほどの不自由の定義に当てはめれば、これ以上ないというくらいに不自由である。家族だけでなく、ジブリの社員を大勢抱え込み、それだけでは飽き足らず、いろんな会社のオヤジどもを集めて、映画を作り、大騒ぎして宣伝し、お祭り騒ぎをやっている。一応仕事だが、みんなそれを嬉々としてやっている。
『ハウルの動く城』[*3]のように何でもかんでも背中に乗っけて、不自由どころか、自由にそこら中を動き回っている。つまり、本質的な意味での自由とは、自由に見える状態のことではなく、自由に何ができるか、という行為のことをさすのだ。

砂漠の真ん中で「オレは自由だ」と叫んだところで、さて何ができる？　何もできるはずがない。他人の人生との関わりを拒絶し、誰とも会話せず、コンビニの食事とレンタルビデオに明け暮れる人生もいいだろう。だが、それは断じて自由な人生ではない。僕に言わせれば、それほど不自由な生き方はない。

自由とは「生き方の幅」と、とらえ直してもいいかもしれない。人間、幅がある方が自由に決まっている。

ここにふたりの人物がいる。ひとりは社会から逃げ、結婚から逃げ、家族からも逃げて、自分の世界に引きこもっている若者だ。片や、妻子を背負い、仕事に明け暮れるオヤジがいる。

一見すれば、若者は自由だ。朝、誰にも起こされることはない。今日一日どう過ごしてもいい。起きて、メシ食って、インターネットにアクセスして、寝たくなったらまた寝ればいい。オヤジはそうはいかない。朝は起こされ、背広を着て、満員の電車に揺られて会社に行く。

だが僕の目には、若者が自由だとはまったく見えない。少なくともオヤジは二つの世界を持っている。家庭と会社だ。家庭では頼りにされているだろうし、どんな仕事だろうと、オヤジは会社を通じて社会と結びつき、社会に影響を与えている。一方、ネットだけで社会とつながる若者がどれほど社会に影響を与えていると言えるだろうか。

社会と関わることの愉しさ

この社会では他人の人生と関わり、他人の人生を背負い込むことぐらいに楽しいことはない。それは恋愛でも、結婚でも、就職でも、起業でも、同じことである。逆に言うと、誰からも必要とされない人間ほど寂しいことはない。人は誰かから必要とされて、本当に生の喜びにひたれる。

なぜなら猿から進化した人間という生き物は、どうあっても最後は群れの中にしか喜びを見出せない動物だからだ。他人の人生と関わりあうことでしか、幸せを感じることのできない性質を、猿の子孫である我々は持っているのだ。

だから、他人から必要とされていない人間が、「オレには自由がある」と叫んだところで、それは虚《むな》しい繰言にしか聞こえないだろう。そんな人間の言う「自由」にどれほどの価値があると言えるだろうか。

「仕事が楽しい」というのは、仕事を通じて社会につながるのが楽しい、ということなのである。先ほども述べた通り、社会という人間の群れの中で自分の定位置を得ることでしか、人間は喜びを得られない。富や権力に妄執する人間が出てくるのも、つまりはそれが、群れの中での位置を高めてくれるものだからである。

そして、社会とつながっていけば、次にやりたいことが出てくる。それは会社の中での出世でもいいし、新商品の開発でもいいし、経営計画の刷新でもいいが、次から次へとやりたいこと、やらなければならないことが出てくるのである。

逆に引きこもった生活をしていると、次にやること、やるべきことがどんどんなくなってくる。やりたいことがないから、いくら自由とは言っても、その自由にはまったく何の意味もない。

あるいは、「自由」という言葉を使うから、物事の本質が見えにくくなっているのかもしれない。「自由」を「自在」と読み替えてしまってはどうだろうか。理解がいくらかは早くなるだろうか。

社会を動かす自在感を持とう

社会に対して、何らかの影響を与えることができるオヤジは、自在感を得ているはずだ。少人数でも部下がいれば、それは自分が自在に使える人材だし、自分が作った商品を消費者が喜んで使ってくれたら、彼はそれだけ人を自在に操ったことになるからだ。

もちろん僕は、映画監督として自在感を得ている。映画の制作に入れば、スタジオに通わなければならないし、何日何時に会議に来てくれとか、上がった映像をチェックしてくれとか、取材を受けてくれとか、誰々にあいさつしてくれとか、いろんな頼まれ事を山ほどするし、だから、いつまでも自分の布団で寝ているわけにはいかない。

先ほどの若者の目から見たら不自由かもしれない。だが、僕の考えに従って多くのスタッフが仕事をしてくれ、映画が完成したら、多くのお客さんがわざわざ劇場まで足を運んで映画を見てくれる。これが自在感だ。

立場が上がるほど自在感は強くなる。新入社員よりは社長の方がはるかに自在感があるだろうことは、容易に想像がつくはずだ。自在感は人を使った時、人を動かした時に最大限に感じられるものだからだ。その分、社長の方が責任は重いし、不自由なまでにやるべきことが山積しているのは確かだ。しかし、この社長は自由だ。

一方、引きこもりの青年は自由でいようとして、他人との関わりを切り捨て、結局は不自由になってしまった。このことに気づかなければ自由の本質は見えてこない。

社会とつながっていたいという欲求は、人間が動物として持っている本能に起因するものである。それは、外で働くオヤジだけでなく、家にいる主婦だって同じだ。誰もが社会の中で一定の位置にいたいと思うのが、人間の自然な姿なのである。

夫を通じて社会とつながる主婦たち

よく夫がなかなか帰ってこなくて、妻が家で怒って待っているというような類型的な図が、それこそ漫画やアニメやドラマで繰り返し描かれるが、実はそこにも根底には、妻の側のそうした社会欲求が描かれている。

ほうきを逆さに持ち、玄関で遅い夫の帰りを待っている、角《つの》を生やした図で描かれる妻は、何も夫の浮気を心配する嫉妬深い女、というばかりではないはずだ。まして一刻も早く夫に帰ってきてもらって抱いてほしいなどと思っているわけでもないだろう。

なかなか社会と接点を持ちにくい主婦という立場では、やはり夫を通じてしか社会とつながれない。ボランティアとか趣味の講座とか、子供が小さい時はＰＴＡ活動とか、そんなもので社会とのチャンネルを持たなければ、外で仕事をしていない妻は社会から隔絶される。

だから本来は、妻にとっての社会との窓は、立て付けの悪い、なかなか開かない窓だとしても、やはり夫が一番のチャンネルとなるのである。

だからこそ、社会に飛び出したままなかなか帰ってこない夫に、本能的な怒りを覚えるのである。そうした欲求さえなければ、むしろ夫など家庭にいてくれないほうが、妻の立場からは安楽なはずなのだ。

定年を迎えた夫が家でゴロゴロするのを嫌がる妻も多いようだ。ようやく夫は社会を抜け出て、自分の所へ戻ってきた。夫にそばにいてほしくて、その遅い帰宅を怒っていた妻は、毎日家にいるようになった夫を、今こそ歓迎すべきである。

ところがそうはならない。会社を退職して社会との接点を失った夫は、もはや妻にとって社会とつながるツールとしての価値がないということなのである。

欧米のようにカップル文化が進んだ社会では、社会の中にちゃんと妻の座が用意されている。野球場にはワイフズシートがあるし、パーティーでも何でもふたりで招待されて、夫のステージが上がれば自動的に妻のステージも上がり、妻は夫と一緒に社会の中の位置が上昇していくのを実感できるシステムになっている。特にアメリカ社会はそれを公式に認めていて、会社のパーティーにも妻が堂々と出席するわけだ。

ただし実際、アメリカ人の夫が内心どう思っているかは別だ。人種の違いはあっても、同じ男なのだから、公式の場に妻を連れて回るというのは、あまり居心地がいいとも思えないのだが、これは聞いたことがないから分からない。ただアメリカ人は、それが表向きのポーズであったとしても、妻や家族を大事にするという建前は崩さない。

この点については日本は、制度としても、人の価値観としても、まったくそういう形にはなっていない。

僕自身、海外の映画祭に招待されることもあるが、僕の奥さんはそういう場には金輪際行きたがらない。監督の妻がのこのこ顔を出したら、それこそ多くの人に気を使わせてしまう。それが嫌だから、パーティーにも打ち上げにも来ないのだろう。

日本では、やはり妻は奥向きという感覚が根強く残っている。それは夫の方の感覚にもあって、男の職場に口を出すなとか、顔を出すなとか、薄れたとはいえ、そんな感覚は今もまだどこかに残っているのだ。

その一方で、女性の社会進出がどんどん進んで、夫を通じなくても自分のチャンネルで社会とつながる女性が増えてきた。だから、ほうきを逆さに持った妻の図は、いくら何でも時代遅れになってきたのである。

オヤジと分身の術

余談だが、仕事を持っていない日本の主婦の場合、欧米と違って夫のステータスの上昇が直接自分のステータスとつながらないので、夫が社会の中で偉くなることを必ずしも妻が喜ばないという、妙な現象も起こり得る。

僕は自分が偉いとはちっとも思わないが、それでも社会とは強くつながって生きているし、何かを発言する立場を得たことは間違いない。しかし、僕の奥さんはどうやらそれを快くは思っていないようで、「私はアニメの演出家と結婚したが、文化人と結婚したつもりはない」などと言われる。

僕よりももっと社会的なステータスを得た男の妻で、つらい思いをしている人もきっと多いはずだ。「こんなんだったら、貧乏な時にふたりのアパートで鍋をつついていた時の方が幸せだった」と思っている妻も多いはずだ。

先ほども書いた通り、僕の場合は、海外の映画祭に奥さんを連れ出して、僕の映画の仕事を通じて奥さんを社会化するということはどうもできそうにないし、奥さんも望んではいない。だから僕は最近、家では「分身の術」を使うようにしている。

仕事をしている時の顔はいっさい家庭には持ち込まず、「僕はあなたと結婚した時と同じ、ただのダメな男ですよ」という姿勢を崩さない。家では夫の顔、娘の前では父の顔、仕事場では監督の顔と、それなりにうまく使い分けられるように努力している。これも、したたかに世を渡っていくためのオヤジの術である。

動機を持たない人間は自由ではない

とにかく、人間にとって社会とつながるということは、意識しようとしまいと、それほどまでに重要なことなのである。そこから目を背けて生きることなどできるはずもないし、そうやって生きていたとしたら、それは人間としての生を生きていない、ということだ。

ここまで論を進めると、この章の冒頭で自由と呼んだものと、今ここで言っている自由とは、少し意味が違ってきていることに気がつかれるだろう。自由とは状態のことではない、と述べたが、自由とは常に「動機」とセットになっている言葉なのである。

ある人間が何かをしたいと望む。それがどのくらい自在にできるかどうかが、自由と不自由の分かれ目なのである。何もしたくない人間や社会とのつながりを放棄した人間に、そもそも自由はない。他人と関わりたくない。だから他人から逃げる。これを自由とは呼べないことは、ここまで読み進んだ読者にはお分かりいただけると思う。

かつて人間が、今ほど豊かでなかった時代には、「生きる」ということだけで立派な動機になりえた。今日一日を無事に生きる。今日一日の食べ物にありつく。それが貴重だった時代には、社会との関わりとか、群れの中の地位とか、そんな悠長なことを言う前に生命としての強烈な動機があって、だから自由であることの意味も今とは違っていた。

飢饉や厳しい年貢の取り立てで苦しむ大昔の貧農から見れば、食べ物には苦労していない現代の引きこもりの青年は自由に見えるだろう。だが、飢餓とは無縁の豊かな時代では、生きること、今日一日を生き抜くことは、人間の動機たり得ない。だから、引きこもりの青年は、現代の定義では自由な存在ではなくなった。このように、自由の定義も時代とともに移り変わってくるのだ。

「人間は自由であるべき」という欺瞞《ぎまん》

フランス革命からこの方、自由は人間にとってかけがえのない価値となった。近代は人間が自由を獲得するための闘争の歴史だった。だが、人々が搾取された時代は、少なくとも現代日本ではとっくに終焉を迎えている。だから、自由の定義も変わらなければならないのに、「人間は自由であるべきだ」という言説だけは、まるで呪文か魔法の言葉のように強力に残ってしまった。「若さは価値」と同じ構造だ。

「自由」もそうだが、「平和」とか「正義」とか、人間にとって絶対的な価値があると思われる強力な命題こそ、実は時代の変化に応じて緻密に再定義を繰り返さなければ、かえって価値を損なうものなのである。

その価値が絶対的と思われるからこそ、総じて言葉足らずのままに、「自由は絶対的価値」といった言われ方だけが残ったものがある。だから言葉に振り回されて、かえって価値を見失うこともある。自由を追い求めて、そのことで自由を失ってしまった引きこもりの青年の過ちを、我々も犯しかねないのである。

特に現代はキャッチコピーの時代だから、言葉足らずの傾向はますます強まっている。誰もが言葉を楽チンに使おうとしている。本来、言葉を使いこなすにはきちんとした修練が必要なのだが、言葉を感覚だけでとらえ、ちゃんと言葉の持つ本質を理解しようとしない人間が増えてきている。

現代社会で軽んじられる言葉の問題については後の章でも改めて考えたいと思うが、とにかく単純な物言いで繰り返される言説ほど、その虚飾性を疑ってかかったほうがいい。その言説そのものがデマであることもあるし、言葉にウソはなかったとしても、再定義が必要なケースはいくらでもある。

すり寄る子犬を抱きかかえよ

社会との関わりを持たないことが自由とは言えないということを、説明してきた。それでは我々はどのように生きればいいのだろうか。それは、より本能的に、より感動的に生きるしかないということだ。

最近、僕はいろんな人にこんなたとえ話をしている。今、家路を急ぐあなたの足元に小さな子犬がくんくんとすり寄ってきたとしよう。本当にかわいらしい子犬で、ぶるぶる震えながら、あなたが抱きかかえてくれるのを待っている。もちろん、あなたも子犬を抱きしめたい衝動にかられる。

ところが、あなたはふとそこで思い直すのだ。待てよ、この子犬をここで抱きしめたら、きっと家に連れて帰りたくなってしまうだろう。そうして家に連れ帰ったら、母親や妻に叱られてしまうかもしれない。

いや、家族が犬を飼うことに賛成してくれたとしても、その先が大変だ。当然えさ代はかかるし、毎日誰かが散歩に連れて行かなくてはならない。旅行にも行けなくなってしまうかもしれない。ああ、そうなったら大変だ。ここでこの犬を抱き上げるわけにはいかない。犬なら飼いたくなった時に、ペットショップにでも行けばいいではないか——。

そうしてあなたは無情にも、その子犬をそこへ置いて、再び家路につくことになる。あなたはその子犬との関わりを絶ってしまった。犬なんていつでも飼えるさと、とりあえず将来の可能性に留保して、今は子犬との生活を拒絶した。

さて、あなたはいつか犬が飼えるだろうか。それは分からない。飼えるかもしれないし、飼えないかもしれない。ただ確実に言えるのは、その子犬とは二度と再び会うことはできないということである。

確かに、子犬を連れて帰らなかったことで、あなたの暮らしは昨日までの暮らしと何ら変わらない、穏やかなものになったかもしれない。だが、子犬を連れて帰っていれば、もっと楽しい、豊かな生活があったかもしれない。それこそ、旅行なんか行きたくもなくなるような、毎日の散歩が苦行ではなくて、楽しくて仕方ないような、そんな暮らしがそこにあったかもしれないのだ。

あなたは何も捨てていないようで、実は大きなものを捨てている。少なくとも、何も選択しないうちは、何も始まらない。何も始めないうちは、何も始まらないのだ。

子犬は単なるたとえ話であって、これは人生のあらゆる局面に言える真実だ。もっといい女の子が現われるかもしれないと、いつまでも彼女を作らないようでは、いつまでも彼女は作れないし、いつまでも結婚できない。いつまでも結婚しなければ、いつまでも子供が生まれない。

もっといい家が見つかるかもしれないと、いつまでも家を買わなければ、いつまでも家を買えない。

他者を選び取り、受け入れることが人生

つまり、人生とは常に何かを選択し続けることであり、そうすることで初めて豊かさを増していくものであって、選択から逃げているうちは、何も始まらないのだ。このことは後の章でも見方を変えて論じることになると思うが、要は選択する、つまり外部のモノを自分の内部に取り込むことを拒絶してはダメだということだ。

他者をいつまでも排除し、自分の殻の中だけに閉じこもっていては、本当の自由を得られないことはすでに述べた。結果的に結婚していようがしていまいが、そんなことはどうでもいいことだ。ただ、「いつだって結婚くらいはしてやる」「他人の人生を背負い込むことぐらいはできる」という気概を持って生きていなければならないということなのだ。

もう一度時間を戻そう。家路を急ぐあなたの足元で、小さな生き物がくんくんと鼻を鳴らしながら、あなたの温《ぬく》もりを求めている。あなたはその時、躊躇《ちゅうちょ》なく子犬を抱き上げる。両の手のひらを通じて、小さな生き物の体温と鼓動が伝わってくるはずだ。

そのほのかな温もりは、犬なんか飼えないと抱き上げなかった、先ほどのあなたには

得ることができなかった感動だ。この感動を得ることが、人生を生きる最大の目標であり、収穫である。

先ほどのあなたは、子犬を捨てることで未来に可能性を残したつもりだっただろうが、あるかどうかも分からない可能性の代わりに、実はこの命の感動を捨てていたのだ。

これからあなたと子犬の暮らしが始まる。もちろん、世話は焼けるし、えさ代はやっぱりかかる。病院代もバカにはならない。やがて犬は老い、その最期を看取らなければならない時がくる。しかし、そんなものには代えられない感動をあなたは得ることができる。

子犬を抱き上げることができたあなたなら、未来の可能性を留保することより、今の選択を優先することができるはずだ。子犬の命を引き受けたように、次は他人の人生を背負い込むようになるだろう。そうやって、社会とのチャンネルがひとつずつ増えていき、チャンネルの先々で、あなたを必要とする人がひとりずつ増えていく。

かつてのあなたが、その姿を見たら何と言うだろうか。ああ何と不自由な暮らしをしているだろうと嘆くだろうか。

だが、きっとあなたには今、そんな過去の自分からの声は聞こえていない。その代わりに、何物にも代え難い大きな満足を得ているはずだ。

＊1―スタジオジブリ……宮崎駿、高畑勲監督らの長編アニメーションなど、映像作品の企画・制作会社。

＊2―鈴木敏夫（1948―）……映画プロデューサー。徳間書店発行のアニメ雑誌『アニメージュ』創刊、『風の谷のナウシカ』の漫画掲載に尽力する。89年にスタジオジブリに移籍。すべての長編アニメーションのプロデュースを務める。また『イノセンス』（P．108参照）の宣伝も担当。押井の実写作品『KILLERS/.50 Woman』（2003）『立喰師列伝』（06）『真・女立喰師列伝』（07）では俳優として出演した。2008年2月にスタジオジブリ代表取締役社長を退任し、同代表取締役プロデューサーに就任。

＊3―『ハウルの動く城』（2004）……宮崎駿監督作品。魔女から呪いをかけられたソフィーは、18歳でありながら90歳の老婆にされてしまう。家を出たソフィーが荒地を彷徨っているときに目の前に現れたのが巨大な動く城。呪いを解くため、城の住人である魔法使いハウルのもとで、ソフィーは働くことになる。鈴木敏夫は本作のプロデューサーを務めた。

第三章　勝敗論

「勝負」は諦めたときに負けが決まる

失敗をなくすことはできない

仕事柄、僕は多くの若者と接する機会があるのだが、よくよく彼らを観察して気づくのは、今の若い男たちは能力があるやつもないやつも皆、極端に失敗を恐れている、ということである。

能力のある若者は失敗を恐れるあまり、傍目で見ても異常と思えるくらいによく働く。まるで、死ぬ気で働けば失敗を回避できる、とでも考えているようだ。これは決して健全な発想ではない。

もちろん、勤勉さは失敗の確率を下げる要素となり得る。しかし、どんなに真面目に働いても、失敗を完全になくすということは、全知全能の神でもない限りあり得ない。失敗しないで生きていくことは、人間の身では不可能なのである。

実は失敗するかどうかの分かれ目は、極論すればその人の能力の問題ではない、と僕は思っている。

では、何が成功と失敗を分けているのかと言うと、その大方が、世間の都合によるものだと思うのだ。映画監督という仕事をしていると、それがよく分かる。どんなに優れた作品を世に問うても、タイミングが悪ければ大失敗作になることはある。

果たして僕自身、自分の人生を振り返ってみれば失敗の連続だったし、失敗は今も続いている。昔は失敗してへこんだりしたが、今はそんなこともなくなった。完全に失敗を避けることは今も不可能だが、失敗したときの対処法はうまくなった。

思えば初めて映画監督を任された時から、いきなりの大失敗だった。初監督作は、予算も時間もない中で、もがきながら必死になって作り上げた。

映画監督と呼ばれたことはうれしくないこともなかったが、できあがったばかりの自分の作品を見て、あまりのひどさにヤケ酒を飲んでひっくり返ってしまった。原作ファンには評判が良かったと聞いたが、そんなものは何の慰めにもならなかった。

要するにその作品は、「押井守」の作品ではなかった。原作や原作のファンに配慮し、キャラクターに気を配り、八方気遣ってできた単なるファンムービーだった。映画というものは、それを撮った人間の情熱とか、やむにやまれぬ思いとか、情念とか、そういうものがないと成立しない。

だから、次は自分が作りたいように映画を作ろうと考えた。それができないようなら、自分は映画監督としては廃業だ、と思いつめた。そんな思いで撮ったのが、『うる星やつら2 ビューティフル・ドリーマー』[*1]だった。

この作品は幸いにして評判もよく、何とか廃業を免れたわけだが、気を良くした当時の僕は「やっぱり自分が作りたい映画だけ作ればいいいんだ」と意を強くした。だが、これがいけなかった。この時の成功が、次に来る大失敗の始まりだったのだ。

それから作った作品は、作るたびに「わけが分からない」などとボロクソに批判され、興行も悪く、そのうち僕に映画を作ってくれと申し出る人がいなくなってしまった。

僕は世の中を甘く見ていた。世間というものは怖いもので、なめてかかると必ず痛い目に遭う。当時の僕が、まさにそれだった。

僕が失敗から学んだこと

「世間は甘くない」とよく言われるが、その言葉には僕は疑義を持っている。世間は時に厳しかったり、時に甘かったりするのである。ただ厳しいだけの世の中だったら、黙って堅実に生きていけばよい。ところが、時に世間は大甘になることがあって、そんな時は勝負時だ。その判断が難しいのである。

しかし、どっちにしても世間をなめてかかってはいけない。僕はそのことが分かってなかった。

だが、この時の失敗から僕が学んだことは大きかったと思う。自分が納得できないような映画は絶対に作りたくない。でも、他人に評価されない映画を作っていては、それはただのマスターベーションだ。

右に行き過ぎて失敗し、今度は左に行き過ぎて失敗した。両極端の道で二度も失敗して、ああ、何だ、真ん中を行けばいいのか、とようやく気づいた次第だ。だから、しばらく業界から干された後、再び映画を撮るチャンスが訪れた時、この時の失敗を糧《かて》にして、僕は真ん中の道を歩いた。

僕はその後、今日に至るまでヒット作品というものを作った経験がない。僕以上のヒットを飛ばした映画監督は、世の中にはいくらでもいる。

その代わり、僕は自分の撮りたい映画を撮り続けている。大ヒットはないが、こんな僕に作品を作ってほしいという依頼は、幸いにも次々と舞い込んで来る。

そうして僕も、舞い込んだ仕事を引き受ける。次の作品がひょっとしたら大失敗作になるかもしれない。その可能性は否定できない。そのたった一作が、これまでの僕の功績をすべて吹き飛ばしてしまうような作品になる可能性だってあるのだ。もちろん、そうならないように全能力を傾けて僕は映画を撮るわけだが、それでも完全に失敗の可能性をなくすことなど、できるはずがない。

それでも僕は勝負に出る。なぜか。実は、勝負を諦めた時こそが、勝負に負ける時だと知っているからだ。

勝負を続ければ、負けないシステムが身につく

勝負を続けている限りは、負けは確定しない。勝ったり負けたりしながら、人生は続いていく。ただ、勝負を続けていくうちにだんだん勝負勘はついてくるし、くだらない失敗はしなくなってくる。スキルが上がってくるからだ。

映画の話で言えば、僕は映画制作のシステムそのものに、大負けをしない仕掛けを組

み込んだ。それは、「他人と仕事をする」ということだ。他人という客観性を映画制作の現場に持ち込めば、独りよがりな作品に突っ走ることを彼らが防いでくれる。それに僕は優秀なやつとしか組まないから、僕ひとりで何もかも考えるよりずっと映画の質は高くなるのだ。

勝負を続けていると、思わぬ成果が飛び込んでくることがある。かつて負けたと思い込んでいた勝負に、後になって勝ってしまうことがあるのだ。僕の例で言えば、愚直に映画を撮り続けて、ある程度の評価を得るうちに、かつてボロクソに言われた作品に光が当たり、再評価されるようなこともある。興行成績は振るわなかったが、後になって急にビデオが売れ出したりすることもある。

だから絶対に勝負を諦めてはいけない。ただし、常勝を狙うのは禁物だ。勝負をしなければ勝つことはできないが、必ず勝とう、絶対に失敗しないようにしようと意気込んだら、緊張感や気負いや、そんな余計なものを背負い込んで結果的に負けてしまう。

先ほども書いたが、世間的な評価で言えば、僕は映画監督として、ただの一度も「勝った」ことはない。何しろ大ヒットもない、ろくな受賞歴もない映画監督なんて、世間的には「勝った監督」であろうはずがない。

それなのに、映画監督としてある程度の評価をいただき、仕事の依頼がとだえない。それは僕が勝負に負けなくなったからだ。先ほど述べた通り、映画制作の現場に他人を持ち込む仕組みも、自分なりに考えた「負けないシステム」の一つだ。

そんなこんなの知恵を駆使して、僕はとりあえず「負けない監督」にはなった。自分では、自分の人生を勝手に「不敗神話」と呼んでいる。マイ不敗神話である。「常に勝つこと」ではなく、「負けないこと」を狙うようにしているからできたことだ。

しかし、そんなふうに仕組みを整えても、不敗神話などと言っていても、僕だっていつか勝負に負けることはあるかもしれない。大事なのは、それでも勝負を恐れてはいけない、ということだ。

美学をもって勝負にあたれ

『名もなく貧しく美しく』（松山善三監督・一九六一年・東宝）という映画のタイトルぐらいは、若い人でも知っているだろう。そういう映画がかつてあった。それは、貧しかった時代の日本人の気分をよく表していた。名声もお金もないけれど、人に恥じることなく正しく美しく生きている、という日本人の気持ちが込められたタイトルだったからだ。

では、現代の日本では「名声」「お金」、そして美しく生きるという「美学」の三点で、何を大事に生きていけばいいのか。

結論から言えば、それは美学をおいてほかはない。

名声とお金は、相対的な評価だ。偉い人といっても、どのくらい偉いのか、という問題がある。会社の社長が偉いのか、大臣か、医者か、それとも映画監督か。

金持ちといったところで、ビル・ゲイツぐらいの大金持ちから、小金持ちまでさまざまであって、ここから先が金持ちという線引きができるものではない。

ところが、美学だけは、どこの誰とも比較されるものではない。美学は本人だけのものであり、自分の生き方が美しいかどうかは、自分で判断するしかないのだ。それは、第一章でも述べた通り、自分だけの価値を見つけるということである。

ITバブルで大もうけして、その後、失墜していった人々がいた。彼らがなぜ失敗したかというと、お金を目的としてしまったからだ。起業した初期のころは知らないが、彼らは美学を失ってしまったのだ。だから、大切なことが見えなくなり、道を誤った。

美学を貫いていれば、いつの間にか名声やお金は付随的に発生するものだ。仕事で成功すれば、結果的に富と名誉を得ることができる。しかし、初めから富と名誉を得ることだけを目的としては、道を誤る。

僕の場合で言えば、僕がどうしても譲れない一線は、自分が納得できない映画は絶対に作らない、ということだ。

興行的に大失敗する、つまり、お金を失うことになるということに対しては、あまり恐怖を感じない。作品が酷評されるということも怖くない。そんな経験はこれまでに何度もしてきた。つまり映画作りを通して、富や名声を得ようという気持ちは、僕にはまったくないということなのである。

僕が気にしていることは、自分自身が評価できる作品になったかどうか、その一点だ。自分の美学にぴったり合った作品が作れたかどうかが重要であり、また、そのこと自体が僕の美学となっている。

ただ、その結果として完成した映画を多くの人に見てほしいし、ヒットしてほしいとは思う。だれかにほめられたら、それはそれでうれしい。どこかの映画祭で賞をくれるというなら、ありがたく頂戴する。だが、初めからそのことを目的として、映画を撮る気はさらさらない。

しかしそれは、自分勝手で自己満足な作品を作るということではない。それは、僕が映画制作のシステムに他人を入れて、他人の意見や才能を取り入れながら制作を進めていることで明らかだと思う。

他人の意見には虚心に耳を傾ける用意はあるし、現場で皇帝のようにふるまっているつもりもない。それもこれも含めて、これが自分の映画作りの本質であり、これでなければ僕の美学にかなう作品は生まれない。

「美学」とは、もちろん自分で決めるルールである。しかし、それは自分が許せば何でも許される、というものではないはずだ。

かつて僕が自分勝手な映画作りをして、手痛い失敗をしたことは述べた。その時は、「自分の好き勝手に映画を作る」というのが、僕なりの美学だった。だが、それは世間に受け入れられなかった。

何度も言うが、美学というものは、自分で決める道であるとはいえ、自分勝手なものではいけないということだ。その美学が社会的に認知、公認されるかどうかは、とても重要な要素になる。

他人からカネをだまし取ることが美学だ、などと思い込んだとして、そんなものは美学でもなんでもない。自分の強い思いは必要だが、自分勝手な思い込みはいけない。だから、絶えず自分の美学が理にかなっているかどうかは点検する必要がある。

僕の場合は、次に誰からも仕事の依頼が来なくなったら、「これはヤバイぞ」ということになるだろう。

傷つく前にやるべきこと

さて、ここまでは主に仕事の場での勝負について述べてきたが、ここで述べた勝敗論は恋愛においても有効であると僕は思う。

「絶対に勝負を諦めてはいけない」

「勝ち続けることを狙ってはいけない」

勝負の二大原則は、そのまま恋愛にも当てはまる。

好きな女の子がいたら、とりあえずアタックすべきだ。もちろん、その時はふられるかもしれない。ふられたらグジグジ傷つく前に、その子と友達にでもなればいい。これでこの勝負はいったんお預け。次の恋人候補を探せばいい。

そうやって勝負を続けていけば、ふられた女の子に再度アタックするチャンスが巡ってくるかもしれない。かつての失敗の原因を分析し、改善することで、次は口説き落とせるかもしれない。

ただし、仕事と恋愛では決定的に違うこともある。仕事の場合は客観的に評価される仕組みがある。それは、消費者の評判だったり、お客の反応だったり、上司の査定だったり、審査員の批評だったりするわけだが、恋愛の場合は、審査員も消費者もいない。当事者同士で自己評価しあうしかない。

収入もあって社会的にも評価され、誠実にふるまっているというのに、「あなたのことは、恋人としては見られない」などと無残にふられることは当然ある。では、自分をふった相手がどんなご立派な相手を恋人に選ぶのかと観察していると、何のことはない、どう考えても世間的には自分より劣っているとしか思えない、どうしようもない人間とくっついたりすることもよくあることだ。

この不条理こそが、恋愛の面白いところだ。仕事は社会性の中で成立するが、恋愛はそうはいかない。当事者間の関係性の中で不条理な成立の仕方をする。そもそも仕事と恋愛は、先ほど説明したように、評価のシステムがまったく異なる。

人間というものは自己実現の方法として、常に他人からの評価を得たがる存在である。だから、社会性の中での評価（＝仕事）と、当事者間での評価（＝恋愛）という二つの基準で成り立つ評価のうち、どちらか一つだけではなかなか満足できないものなのである。

「オレは仕事だけでいい」というやつは単にいじけているだけだし、「オレは女だけでいい。愛に生きる」というのはウソに決まっている。普通は、恋愛の相手からの絶対評価と、社会からの相対評価の両方をもらって、やっと満足できるものなのだ。

だから、恋愛の相手が仕事にばかりかまけていると、「相手は私の下す評価より、社会が下す評価を優先させているのではないか」という疑心を芽生えさせることになる。

そこで、「私と仕事とどっちが大切なのか」などと、それこそ相手にとってはどちらか選びようのない理不尽な二者択一を求めたりするのである。

仕事と恋愛の違い

仕事と恋愛の間には、評価システムだけではなく、ほかにも違いがある。例えば、努力によって仕事で成功する確率を上げることはできる。時には、努力そのものが仕事の評価につながることもある。

しかし恋愛は、努力だけではどうしようもないことがある。むしろ努力が成功確率を引き下げることさえある。恋愛を成就させようとして執拗《しつよう》なアタックを繰り返すと、「しつこい」とますます嫌われる原因になりかねない。あるいは、努力と無縁なただのダメ男が好きという女も実際にはいる。

仕事と恋愛の違いで言えば、もう一つ。仕事はこなしていくうちにスキルが向上してうまくなるが、恋愛はそうはいかない、という点だ。「恋愛はいつでも誰でもが初心者」と言われるように、経験値が生かされないのが恋愛の面白くも、難しいところだ。

もちろん、ふられてもびくともしなくなるとか、面《つら》の皮が厚くなるとか、そういう面はあるかもしれないが、恋愛の成功率そのものを経験によって上げていくことは難しい。オヤジになれば経済的な余裕ができて、それによる成功率の向上はあるかもしれないが、その分、身体的な若さは失われている。一方、若いことは相手の気持ちを察する余裕がなかったりして、常にパラメータは変動している。

顔がよければ多くの人に好かれるかもしれないが、恋愛は一対一の関係でしか成立しないので、肝心の相手にとって好みの顔でなければ終わりだ。現に顔の好みなど十人十色。面食いもいれば、そうでない人もいる。だから、恋愛に有利不利などない、と言ってもいい。

女が男にひかれる。あるいは男が女にひかれる。この行為はおそらく、本人にも説明のつかない深遠なものだ。本能に根ざしているのかもしれないし、育った環境によるのかもしれない。いずれにしても説明不可の世界だ。

「君はこういう人間で、僕はこういう人間だ。だから、君と僕がくっつけばベストな組み合わせである」などと相手を説得したところで、彼女、あるいは彼が納得するはずはない。人によっては「大胆にして剛毅」と見える性格が、別の人間の目には「単なる粗雑なやつ」と見えることもある。

「ほれた女のわがままが可愛い」と思うこともあるだろうが、「わがまま」だからほれたわけじゃなく、ほれたから、わがままも可愛く思えただけだ。ほれた理由というものは、実はどこにも探せないのである。

好きな人に告白しない若者たち

さらに恋愛の残酷なところは、結果がすべてという点である。仕事だったら、大成功から大失敗までさまざまな段階があるが、恋愛は「OK」か「ごめんなさい」か、二つに一つ。

プロスポーツなどの勝負の世界は厳しいと言われる。例えばプロ野球なら優勝しなければ意味がないと言われるが、それにしてもペナントレースを二位で終えるのと、六位で終えるのではかなり意味が違う。リーグ優勝と日本シリーズ優勝でも成功の度合いが違う。

しかし、ある特定の相手との恋愛のゲームにはそんな相対性はない。恋のレースに二位も六位もない。「予選二位通過」も「三勝三敗一引き分け」もない。あるのは一位だけ。「一勝〇敗」か「〇勝一敗」か、どちらか一つ、絶対評価の世界だ。

だが、厳しいといっても、たかが色恋の問題である。フラれたと言っても滅多に死ぬわけではあるまい。だが、今の若い人たちを見ていると、仕事でもそうだったように、恋愛でも極度に失敗を恐れているように思えてならない。スタジオの女の子の話を聞くと、自分と同世代の若い男が苦手だ、という子が結構いるのには驚かされる。

なぜ苦手かというと、今の若い男は自分の方から、「つきあってほしい」と絶対に言わないというのだ。むしろ、「好きです」と女の子から告白されるのを、ひたすら待っている。その姿勢が嫌だという女子が多いのだ。

男の側からすれば、へたに女の子に交際を申し込んで、もしも断られたらどうしよう、と心配になるらしい。要するに傷つきたくないのである。ふられて痛い目に遭いたくない。だったら恋人なんていなくていい、という思考なのである。

今の若い男を観察していると、恐怖に縛られているように見える。明らかにビビっている。傷つくのが怖い。失敗するのが怖い。

失敗も挫折もない人生は面白くない

もちろん恋愛では成功より失敗の確率の方がはるかに高い。だから、多くの男はこの戦いに敗れることになるし、若者はそれが怖いのだろう。中には果敢に戦いに挑む者も現われるが、見事にふられた結果、傷つく人もいる。そんな男が何をするかというと、「あの女はオレにふさわしくない」などと、妙な理屈をつけて自分を慰めようとすることだ。

だが、それをやってはダメだ。本気で相手を好きになったことを否定することは、自分を否定することだからだ。だから、不幸にして恋愛に敗れたら、次のように考えるべきだ。

よろしい。確かにオレはふられた。だが、その結果はオレ自身の世間的な評価とはまったく関係ない。反省すべき点はあったかもしれないが、それとて決定的な原因だったかどうかは明らかでない。ひょっとしたら、相手の女の子さえ、どうしてオレではダメなのか、説明もできないかもしれない。だが、オレは彼女に本気でほれた。その気持ちにだけは、間違いはなかったはずだ。

そういうふうに考えれば、いちいち傷つくのがバカらしくなるはずだ。このゲームは努力だけではどうしようもない。結果は不条理そのもの。神様だか、宇宙の偉大なる存在だか、誰の差し金かは分からないが、何かのほんのちょっとした気まぐれで勝ち負けが決まる――。だとしたら、失敗を恐れるのはばかげているし、失敗を恐れて手数を出さず、みすみす成功の確率を下げてしまうのは本当に愚かだとしか言いようがない。

いつかきっと素敵な恋愛が向こうからやってくる。初めて出会った相手と、お互い見た瞬間にガビーンと電気が走って、結ばれるかもしれない。そう信じて、指をくわえて待っているだけの人間は、生きることを留保しているだけの人間だ。その人生には失敗も挫折もない。その代わり、生きているともいえない。

人生は映画みたいなものだ。もちろん失敗も挫折もある。それを避けては通れない。それどころか、失敗や挫折そのものが人生の醍醐味とも言えるのだ。

何も波乱の起きない退屈な映画を見たいだろうか。エンディングは分からない。ハッピーエンドに終わるとも限らない。でも、どんな結末を迎えるにしても、何もせず、すべてを留保した生き方より、はるかにそれは豊かな人生だといえるだろう。

第一章で「若さに価値はない」と述べた。若者はまだ人間として発展途上にあるから、というのがその理由だった。若者には分別がない。だから若者は無鉄砲だった。それを価値と呼べるかどうかは分からないが、「若気の至り」という通り、少なくともかつての若者は後先考えずに行動した。

今の若者はそんな無鉄砲さも失ってしまったかのようだ。分別がついたのではない。分別がつく、オヤジになるということは、物事の判断ができるようになるということである。

昔の若者は判断できないから、何でもかんでも、無分別に手を出し、挑戦した。それで何度も失敗し、そこから学んでいった。今の若者は無判断なのは同じだが、何に対しても手を出さなくなった。

これでは、学ぶ機会さえも自ら放棄してしまったも同然である。すると、彼らは一生オヤジにもなれず、年だけは取っていくのに、中身はいつまでものっぺりとした若者のままでいることになる。

僕が言いたいのは、仕事であれ、恋愛であれ、どんどん失敗せよ、ということだ。そして失敗をしたら、敗因をきちんと分析することだ。二度と同じ過ちは犯さないようにする。それでも次の勝負には、違う敗因で負けるかもしれない。その次も、また違う理由で負けるかもしれない。

だが、何連敗、何十連敗してもいいではないか。何度も負けても、勝負を続ける限り、いつかきっと一勝できる日はやってくる。そして、少しずつでも勝ち星を増やしていけば、最終的に人生の星取表を勝ち越しで終えることはできるのである。

結局は死ぬまで勝負を諦めなかった人間が、最後には笑うことになるのだ。

＊1—『うる星やつら2 ビューティフル・ドリーマー』（1984）……押井守脚本・監督作品。押井の劇場用アニメーション映画の2作目。学園祭の前日のまま時間が進まないという状況に陥った友引高校の生徒たち。その状況を打破しようとするが、夢邪鬼という夢を作り出す妖怪に邪魔をされる。この世界は「いつまでもこのままでいたい」

と願う、ヒロイン・ラムの作り出したものだった。「生きることのすべては夢の世界の出来事」をテーマとした、押井色が強く出された出世作として位置づけられている。

第四章　セックスと文明論

性欲が強い人は子育てがうまい

文明化は負の側面も持っている

親が自分の子供を虐待して殺してしまったというニュースを、最近よく耳にするようになった。児童虐待の報告件数もこのところ急増しているようだ。

もっとも実際はどうなのか、と言うとどうもはっきりしない点もある。幼い子供の命を、親の手による虐待から救えなかったという反省もあって、近ごろは家庭内での児童虐待もすぐに通報されたり、児童相談所が家庭内に立ち入って調べたりするようになったので、児童虐待が表に出る件数が単純に増えているのかもしれないからだ。

しかし僕はある根拠から、確かに虐待は増加しているのではないかと思っている。つまり、親による子供の虐待は文明が必然的にもたらした結果だと考えるからだ。

近ごろの若者はセックスに興味を持たないとか、嫌がるといった話もよく耳にする。それもこれも、僕は人類の文明化がもたらしたものであり、おそらく先進国ではどこでも同時に起きている現象ではないかと考えている。

何事にも明暗の両面があって、文明化というのは、その明るい面ばかりが注目されるようだが、もちろん暗い面もある。それが親による子殺しや動物虐待、変態性欲者の増加、若者のセックス嫌いといった点だ。

本来、こうした社会の病根を探るのは評論家やジャーナリストの仕事なのだが、こうした病理を話題にするとき、「力のない子供を殺すなんて、親として失格だ」とか「動物だって自分の子供はかわいがるのに」とか、そんな程度のことしか聞こえない。ちゃんと本質的な議論がなされていないように思う。

僕は映画監督なので、本来こういう病理、病根を映像として表現することしかできないが、この章では、あえてこれらの現象の背景を探ってみたいと思う。

セックスは本能的行為ではない

まず、セックスについて考えてみよう。セックスは本能的行為だと多くの人は考えていると思う。確かに、若いころのセックスはそうかもしれない。十代の一時期には、そういう時期がある。とにかく、やりたくてやりたくて、冗談に「穴があれば入れたい」と言われるほどの強い衝動にかられる時期である。自分でその衝動をコントロールするのにも、大変な困難を伴うほどだ。

もちろん僕にもそんな経験がある。自分の体の中をポタポタと落ちる正体不明の物質、つまりホルモンに振り回され、自分が自分でないような気がした。理性の及ばないところで体が勝手に反応し、いてもたってもいられないような感覚を味わったものだ。

その意味で言えばセックスは生物学的な問題ととらえることができるかもしれない。だが、セックスには文化としての側面もある。

メスのカエルに突進するオスガエルのような、種族保存の本能に支えられた衝動的セックスならば、人間社会の中でその行為は語られる価値はない。だが、セックスは語られる。それは文学の中でも映画の中でも、それこそ何百万言を費やして語られ続けている。だから、セックスには言葉が必要なのだ。

本来ならば、ホルモンに突き動かされ、ただやりたくてやっていた行為が、そこに言葉が与えられたときに、それは文化的な行為になる。もともとは生物学的な衝動に過ぎなかったものが、やがて文化的な欲望に置き換えられるようになるのだ。

まさにセックスの文明化だが、そのとき何が起こったか。セックスが「女とやりたい」「男とやりたい」という見境のない興奮ではなくなって、状況に欲情するという現象になったのである。

本来なら、裸の女がそこにいれば男は突進するはずだった。ところが、「いきなり裸で登場されたら興奮しない」とか、「好みの格好をしてくれないと欲情しない」とか、ある状況や場を作らないと性交に至らないという現象が起きている。それどころか、実在の女性には見向きもしないのに、アニメの中の美少女に本気で恋をする男さえ生まれるのである。

おそらく江戸時代には江戸時代の官能があったはずだ。それは湯浴みの女のうなじだったかもしれないし、着物の裾からのぞく白いかかとだったのかもしれない。万葉の時代にはまた、その時代ならではの官能があったはずで、その時代にいきなり現代のセクシーな衣装をつけた女性が現われても、万葉人の男が興奮するはずがない。

つまり、本来は本能的で生物学的な行為だったセックスは、それぞれの文化の文脈の中で語られ、言葉や意味を与えられたことで、文化的な行為に至ったということだ。

ロリコンは人類によって「発明」された

例えば「ロリータコンプレックス」という現象がある。幼い少女に欲情する、あるいは幼い子にしか欲情できないという現象だが、はたしてそれは、ウラジーミル・ナボコフ[*1]が『ロリータ』を書く前から存在していたのか、という問題になる。

確かに、未成熟なメスに対して欲情する傾向を持つオスはいたのだろう。だがそれは、「ロリータ」と名づけられるまでは文化的な行為ではなかったし、「ある種の性的傾向を持つグループ」という以上の存在にはなりえなかったはずだ。

ところが、『ロリータ』が書かれたことで、未成熟なメスを求めるという不可解な行為は、社会的な認知はされなくても、少なくとも文化的、文学的には認知されたことになる。まさにロリータコンプレックスは人類によって、「発明」されたのである。

これが性の文明化、あるいは商品化と呼ばれるものの本質である。未成熟なメスに興味を持っていた男は、自分の中の妙な衝動を、それまでは自分で説明もできなかったはずだし、自分でも戸惑ったり、気づかないふりをしていたはずだ。

ところが、それがひとたび商品化された途端に、その行為は確たる文化的行為として追認される。それどころか、本能としての自分の傾向に気づく前に、商品化されたロリータに影響されて、後天的に特殊な性欲に目覚めるケースもあるのではないか。

アニメの少女に恋する男がまさにその例である。本能的に平面で描かれた異性に恋するオスのグループなど、もともとは存在しなかったはずだ。ところが、アニメの中で美少女が性欲の対象として商品化されるうちに、オスたちは教育され、平面の主人公に恋するという独特の性衝動を獲得したのだろう。

そのうえ、文化は遺伝するし、繁殖する。いくら取り締まっても、文化はそれ自体が生き残ろうとする意思を持っている。まさにそれ自体が遺伝子と同じ振る舞いをする。だから、特殊な性欲も、文化の中で遺伝されていくことになるのだ。

幼い子供が犠牲となるような事件が起きると必ず、「漫画が悪い」「アニメが悪い」と犯人探しが始まるが、いまさらそれを主張したところで、何の意味もない。性の商品化は文明化の一部だからだ。

漫画やゲームやアニメを犯人にしたいのならば、少なくとも浮世絵の時代ぐらいまではさかのぼって批判するしかない。そして、文化は、文化としての存在価値を問われて淘汰されない限り、取り締まって消えることはない。破廉恥だとか、反社会的だとか、そういう理由で文化が絶滅することはないのだ。

文明化は親を虐待へ誘惑する

このように、文明化はすべてにおいてすばらしいことばかりではない。文明化は、生物としての退化を人類に強いることになる。ロリコン男が幼い子を手にかけるのは、そうした文明化の表れとも言える。

自分の遺伝子を搭載している子を守ろうとするはずの親が、我が子を殺してしまうなどという悲劇は、本来は起こりえないことであり、それはもはや親としての本能がまともに機能していないということを意味している。

これまで検証してきたように、文明化という働きは、性欲という最も根源的な本能さえ無力化してしまう。性が商品化されたことで性欲が文明化された。ひょっとしたら育児マニュアルのような子育ての文明化が、母親たちの本能を狂わせているのかもしれない。子供の成長が思わしくないからと言って、子供を殺してしまうという矛盾した事件も起きているが、それも、子育ての文明化という文脈で読み解くと、意外に当然の帰結のような気もする。

とにかく、本来ならば本能に任せておくべき分野にまで文明化の波は及んでいる。高度に文明化した現代社会では、あらゆることが商品化され、消費されている。郊外のパチンコ店には広大な駐車場が完備され、道路が整備されてアクセスが便利になり、小さな子供を育てる母親でも簡単に行くことができるようになった。

そこまで便利になれば、当然のように欲望にかられて子供連れでパチンコに行く母親が出現する。そして、車で寝ている子供を置き去りにして、パチンコに興じることになる。そうやって、熱射病で何人の子供が命を落としたことだろうか。

そんな罪を犯した母親に「それが母親のすることか」といくら糾弾したところで、意味のないことだ。かつて、身近にパチンコ店などない時代は、赤ん坊をかかえて、汽車に乗って、パチンコ店のある都会まで出かけて遊ぼうという母親などいなかったはずだ。どんどん社会を便利にして、母親たちを誘惑しておいて、「子供を置いてパチンコするとはけしからん」と糾弾するのはご都合主義に過ぎる。

南国で乳幼児を連れまわす親たち

僕は毎年グアムに旅行するが、どこもかしこも乳母車の大群である。あんな暑い島に子供を連れて行って、小さな子供は大丈夫かとこちらが心配になるくらいだ。本当に小さな赤ん坊を連れた若い夫婦を見かけることもある。

せめて歩けるようになるぐらいまでは、こんな島に子供をつれてくるのはかわいそうだと思うが、若い夫婦を排除しては、旅行代理店も航空会社も商売が成り立たなくなるから、会社は彼らを誘惑する。

空港まで乳母車で行けて、親切に飛行機に乗せてくれ、島に着いたらまた乳母車を受け取ることができる。まさに至れり尽くせりだ。グアムだろうが、遊園地だろうが、そうやって若い親たちを誘惑しておいて、何か事が起きると、今の若い連中は親の心構えができていない、などと糾弾するのである。

明らかにこれは社会の側が二重価値を我々に強いている。「海外旅行は楽しいですよ。パチンコは楽しいですよ。こんなに楽に行くことができますよ」と人々を誘惑しながら、一方で「小さな子を持つ親は子育てを優先しなければなりません」と言っているのだから、経験の浅い若い親たちが混乱するのは当たり前のことだ。

中には悲惨な事件の予防策として、「子育て以上に楽しいものはない」などと価値観を強要する意見も聞くことがあるが、そんな言葉に母親たちが耳を貸すはずがない。何せ海外旅行も遊園地も、これでもか、というくらいに楽しさに満ちたメニューを提供してくれるのだ。

それに比べて、赤ん坊のうんちを処理したり、おっぱいを飲ませたり、夜中に泣き出した子をあやしたりすることが、「娯楽」として、海外旅行より楽しいはずはない。つまり、この両者を同じ土俵に上げることに無理があるのである。

しかしあえて言うと、子育ては海外旅行や遊園地よりも本当ははるかに楽しく、面白いことなのである。しかしそれは、文明が提供する娯楽としての楽しさではない。本能を満足させてくれる楽しさなのだ。

人間は本能として、小さな命を守りたい、はぐくみたいという欲求を持っている。本当は、子育ての楽しさは言語化するものではない。つまり文明化するものではないのだ。子供を産んで腕に抱いた瞬間に、自分はこの命を守らなければならないと、自動的に分かる仕掛けになっているはずなのだ。保護欲が自然と発生する仕組みになっているのだ。

ところが、高度に人間が文明化すると、本来は強力な本能の発動だったはずのセックスまで言語化して、文化にしてしまったように、子育てまでも文明化してしまう。だから、自分の中から生まれ落ちた命を、言語によって理解しようとする。こうなると、子育てと海外旅行は同じ文明の土俵の上に乗ってしまう。そして無残に敗れてしまうのだ。

犬や猫を飼ってから子供を産め

実はかく言う僕も文明化から逃れられず、小さな命に対する本能をすっかり忘れていた人間だった。小さな赤ん坊を抱いたとき、なんだか妙にフニャフニャして気持ち悪かったのを覚えている。

僕がかけがえのない小さな命に対する本能的な保護欲を再獲得したのは、犬を飼い始めてからだ。毎晩犬を抱いて寝て、小さくコトコトと小鳥のように脈打つ心臓の音を感じるうちに、言語や文化ではなく、ただもう本能として、小さき命を守りたい、という野性を再獲得したのである。

今は犬や猫だけでなく、人間の赤ん坊も大好きだ。時々スタジオの女性スタッフが出産することがある。そんな時は「スタジオに連れておいで」と言っている。『イノセンス』[*2]の制作中には三人生まれたので、抱かせてもらった。

赤ん坊を抱くと、フニャフニャと柔らかくて、乳臭い、いい匂いがして、とても気持ちがいい。若い頃には、同じことが気持ち悪かったのに、本能を再獲得したことで今では保護欲が猛然と湧き出してくる。ところが若い男のスタッフたちは怖がって、かつての僕と同じように、赤ん坊を抱くことができない。「落としたら死にそうだ」とか、「首が折れそう」とか言ってビビっている。

父親とか母親というものは本来、社会の中で演じる役割ではなかったはずだ。人は本能的に父になり、母になるのだ。ところが、本能が壊れた人間は父や母になることができない。

小さな子供は本来、守るべき対象として見られるものであり、性の対象になるべきものではない。ロリータのくだりで述べたように、それはセックスが文明化した結果であったと思う。ロリコンという文脈がなければ欲情することさえできない人間を作ったのは、文明の働きの一側面なのだ。

この章に「性欲の強い人は子育てがうまい」という刺激的なタイトルをつけたのも、実はこうした思いがあるからだ。この題名には確かに飛躍があるかもしれないが、本能を失ってしまっては、本来的な意味で子育てもセックスもできないということを表している。

小さな動物を蹴り飛ばすことができる人間は、おそらく人間の子供にも同じことができると思う。「小さな命を守りたい」という本能を持ち合わせていない人間に、「母親ならば、そんなことはできないはずだ」といくら言葉で諭しても、通じるわけがない。

悲惨な事件を受けて、「動物だって自分の子供を守るのに」などというコメントを聞くこともあるが、それは逆だ。動物ならば本能的に子供を慈しむことができるはずだ。動物であることをやめた文明人だからこそ、子供を育てられないのである。

だから極端な話、僕は人間の親になるためには、犬でも猫でも、一度命を育ててみて一緒に暮らし、最期まで看取って初めて、その資格が得られるようにしたらどうだ、とさえ思うのである。犬猫の一生を面倒見たという証明書をもらってから、子供を産んではどうだ。

無数に多様化した性欲

しかし、人が高度に文明化していくという流れだけは、もはやどうにも止めることはできない。『イノセンス』は冒頭で「愛が科学になってはいけない理由があるでしょうか」という言葉で始めたが、まさにその通りで、人間のすべてが文明化、科学化していくのに、セックスや子育ての部分だけ動物のままでいろと言っても、それはなかなかできることではない。

文化は生命と同じで、遺伝し、進化することで、必ず多様性を帯びるようになる。だから、文明化した現代の性は、現に多様化した様相を見せ始めている。

小さな女の子に欲情したり、メイド服を好んだり、あるいは太ったおばさんを好んだり、そのタイプは無数に存在する。もはやモデルケースはなくなりつつあると言っていいだろう。つまりは全員が少数派で、全員が変態だ。この流れはますます加速すると思う。

それぞれの欲望に対して、文化的な受け皿は必要だと僕は思う。そういう意味で、漫画もゲームもアニメも一定の役割を担っていると考えている。そして、いずれは淘汰される欲望は淘汰されていくだろう。

このまま文明化が進み、最後に何が残るのかは僕にも分からない。ロリコンが淘汰されるのか、メイド服が淘汰されるのか、それは誰にも予想がつかない。

稚拙な表現も、高度に洗練すれば芸術になることがある。現にオタクの好むようなフィギュアが感性の鋭い芸術家の手によって洗練され、日本発の芸術として世界のニュースになったこともある。

ただ、それまでは文化の多様性は認めつつ、しっかりと許される範囲、許されない範囲を指し示して、ここから先は足を踏み込んではダメだ、と禁止することでなく、制度化することでしか有効な手段はないように思える。

欲望と向き合う映画監督の仕事

映画監督の使命は、虚構の中で欲望を形にして、とりあえずそれを人々の目に触れさせることだ。映画の主要な役割は、欲望を代行することであり、だから、映画から暴力とセックスが消えることはない。ただ本来は、映画を見た人間が興奮したり、カタルシスを得たりした後で、「はて、この映画で気持ちよくなった自分とは何だろう？」と考えさせることが大事なのである。

つまり、「気持ちよかった」と思わせるだけでは表現としてはまだ稚拙で、大切なのはその先にまで観客を誘うことだ。暴力描写で有名なサム・ペキンパー監督[*3]は、そのすさまじい暴力描写に、作った本人が「こんなむかつく映画は二度と撮りたくない」と言うほどだ。

だが、彼の描く暴力は爽快感がピークを過ぎると、嫌悪感が出て、暴力が虚しくなるように描いてある。どうしてこんな暴力が必要なのか、という哲学的な問いが現われる瞬間があるのだ。それこそが、この監督のすべてと言っていいだろう。

そうやって映画監督である僕らは、欲望の本質をあぶりだすのが務めだ。これも文明化の一つの側面である。評論家は社会のうごめきの本質を見抜き、それに適切な言葉を与えることを求められ、僕らはそれを映像で表現する。

その一方で、文明化はいたずらに人間の本能を退化させ、新たな問題を引き起こしていく。そのどちらのスピードがより速いかが、一つの文明の運命を決定付けるような気がしてならない。

表現に携わる人間の責任はだから、相当に重いのである。

＊1―ウラジーミル・ナボコフの『ロリータ』……ロシア生まれ（のちにアメリカに帰化）の作家・ナボコフ（1899―1977）が執筆した小説。死別した恋人の面影を12歳の少女・ロリータに見出した中年男性は、執拗に彼女を追い求めていく。「ロリータ・コンプレックス」の語源となった。

＊2―『イノセンス』（2004）……押井守脚本・監督作品。『GHOST IN THE SHELL/攻殻機動隊』（P.134参照）の続編。人々が電脳化され、人間とサイボーグとロボットが共存する2032年。アンドロイドの原因不明の暴走を調査するバトーは、人形という形態に託された人類の想いから生まれた禍々しい事件の真相に近づいてゆく。本作は全世界で公開され、日本のアニメーション映画としては初めての、カンヌ国際映画祭オフィシャルコンペティション部門ノミネート作品となった。

＊3―サム・ペキンパー（1925―84）……映画監督。『荒野のガンマン』（61）で監督デビュー。『ワイルドバンチ』（69）での暴力描写とスローモーション技法が話題となり、ペキンパーの代名詞となる。代表作『戦争のはらわた』（75）ほか。

第五章　コミュニケーション論

引きこもってもいいじゃないか

コミュニケーション不全とは何か

コミュニケーションが取りにくい時代になったと言われる。格差社会などと言われて階層間のギャップが云々《うんぬん》され、世代間、地域間だけでなく、家族間でさえコミュニケーションが不全気味なのだという。

だが、どうもこうした話題になる時は、議論が大雑把過ぎていけない、というのが僕の感想だ。これまでにも何回か指摘したように、テーマの土台となる言葉が不十分で、本質まで掘り下げた論議がなされていない気がする。

コミュニケーションを問題にする時は、何と何の間のコミュニケーションについて語ろうとしているのかを、まずは明らかにすることから始めないと、話が雑駁《ざっぱく》になる。個人対個人のことか、個人対社会のことか、あるいはもっと別のことを言おうとしているのか。

僕個人の経験で言えば、僕は誰とも口をききたくないという時期があった。高校一年生のころのことだ。

僕は引きこもりだった

中学までは優等生だった僕は、高校に入って急に成績が落ち、何に対しても情熱を失った時期があった。学校に行くのも嫌で、朝になると仮病を使って学校を休んだ。初めは体温計を細工して熱があるように装ったが、そのうち、朝になると本当に熱が出るようになった。それでずいぶん、おふくろをてこずらせたものだ。

何をするわけでもなく、一日ただベッドの中にもぐりこんで過ごし、腹が減ったらごそごそと這《は》い出してきて台所の食べ物を漁《あさ》るといった毎日だった。もちろん当時はパソコンやネットなどない時代で、ベッドの中ではずっと本だけを読んでいた。

高校という新しい環境になじめなかった部分もあった。要するに世間に出て行くのが嫌だったのだ。今で言う「引きこもり」のような生活である。

それでもありったけの力を出して、昼過ぎに学校に行く。ところが、一度登校してしまうと、別に何ともない。具合も悪くないし、熱も下がる。同級生には「遅刻常習者」とか、「重役出勤」とか言われて、からかわれる程度のことだ。こちらも、「どうも、どうも」と返していれば、何となく毎日が過ぎていく。あとは普通の高校生として振る舞った。

まだ「不登校」「引きこもり」という言葉がない時代だけに、どちらかと言うと「図々しいやつ」とか「不真面目なやつ」とか、そんなふうに思われていたようだ。しかし実際はそんなバンカラなものではなく、ただ、朝になると外に出られなくなるというだけの話だった。

しかし、学校に行ったらすべての問題が解決するということもなかった。同級生たちと話すのが容易ではなかったのだ。そもそもその必要性すら感じていなかった。僕はもともとひとりでいるのが好きな子供で、ひとりで絵を描いたり、本を読んだりすることが好きだったからだ。そのことで、寂しさとか孤独を感じることもなかった。

自分のいる場所としての学校が、僕には息苦しくて仕方なかった。そんな僕が外に出ることを楽しく思えるようになったのは、学生運動を始めてからだ。高校時代に学生運動に目覚め、近所の大学に赴いては、バリケードの中で革命の理想を語る。そんな時は、生き生きと語らうことができたし、毎日が楽しくて、充実し、友人らと議論を交わした。

テーマがあれば他人とも話せる

つまり、しゃべるべきテーマさえあればいくらでもしゃべることができたし、自分にとっての居心地の良い場所さえ見つかれば、そこには喜び勇んで飛び出して行けたということだ。

今風に言えば、僕はコミュニケーション不全だったと言える。しかし、それは他人とわざわざ話をするテーマがなかっただけのことであり、コミュニケーションのためのコミュニケーションを、僕は必要としていなかったということに過ぎない。

だから、クラスの女の子に「お茶しに行こう」とは言えなかったが、「ベトナムについてどう思う?」と話しかけることはできた。要するに、話す理由もテーマもないのに誰かと面と向かって過ごすのが苦痛だっただけだ。価値観を共有できない人間と一緒に過ごす時間には耐えられなかったのである。

大学に行っても、その気持ちに変わりはなかった。学校へ行けば友達と会話をするし、冗談も言いあうが、基本的にはひとりでいる時間が一番好きだった。ほとんどの時間をひとりで過ごした。下宿や喫茶店で本を読み、映画を見て、脚本を書き、誰とも関わらずにすむことがうれしかった。

例えば引きこもりの現象を論じる時、家にこもって出てこない若者らは、世の中と関わること自体が嫌なのか、それとも世の中に参加するテーマを見出せていないのか、それをまず明らかにして分別しなければならないと思う。確かに、対人恐怖のような精神的な問題を抱えている子もいるだろうが、かつての僕のように、「話すことがないのに、なぜ家族と話さなければならないのか」と思っている若者もいるはずだ。

人間が苦手なのか、語るべきテーマが見出せないだけなのか。両方とも現象としては「引きこもり」として顕在化するとしても、この両者の隔たりは大きい。

引きこもりの定義とは何か

そうやって考えていくと、「引きこもり」という現象は実にあいまいで、あやふやなものだということに気がつく。

確かに周りを見回してみると、引きこもっている若者が増えているようにも思える。

しかし思春期の子供であれば、「誰とも会いたくない」とか、「親とは話したくない」とか、そんなことを思う時期があっても、それはそれで成長の過程で起こり得ることだ。そういう子供たちを病理のように取り扱うのは、間違っているのではないかと思う。

さて、自室に引きこもる子供の多くは、部屋に自分専用のパソコンがあって、始終インターネットをやっていることも多いのだろう。これはつまり、彼らがネットを通じて、一応は社会と接点を持とうとしているということである。まったく外の世界に興味を失っているのではないという証拠なのだ。

親の世代から見れば、「ネットなどただの虚構ではないか」と言いたくなるのだろうが、はたしてそうだろうか。例えば、アニメーションのスタジオでは、業務の大半はパソコン上で行われている。スタッフはネット経由で連絡を取り合っている。パソコンは業務端末として機能しているのだから、その向こう側には現実社会がある。

だから、子供たちの接しているネットの向こう側にも「現実がない」と断じるのは早計だと思う。この両者の違いといえば、片方は仕事、片方は仕事でないという、ただそれだけの違いである。

しかし、社会は家でネットだけをやっている子供を非難する。部屋に引きこもったまま出て来ない子供たちを糾弾する。それは、何とか部屋から彼らを引きずり出そうと考えているからだろう。なぜなら社会の側に、そういう欲求があるからだ。

少子化の影響で、日本人の労働生産性が低下している。日本の国際競争力が落ちることを日本社会は本能的に恐れる。その恐れが、部屋に引きこもる子供たちへの非難となって表れているように思う。

引きこもりを許す豊かな社会

だが、逆に考えると、子供たちを部屋に引きこもったままの状態で許せている現代日本は、それだけ豊かだと言うこともできるのだ。貧しかったころの日本であれば、子供が部屋に引きこもるなど、できるはずもないことだった。国民がみな食うや食わずでは、「学校へ行かないなら働け」と言われたはずだ。

だが、今は息子がひとりやふたり部屋にこもっていても、社会はびくともしない。家庭も何とかやっていける。社会に参加しない若者がある一定数出現することは先進国ならどこでも起こり得る現象だと思う。

問題なのは、「引きこもりが増えた」とか、「人間関係を結ぶのが苦手な若者が急増している」とか、社会が大騒ぎすることだ。すると、若者の側もすっかりその気になってしまう。引きこもりなど、病理的なケースを除いては、大騒ぎするほどのことではないのに、かえって若者を引きこもりに追いやっているように思えて仕方ない。

うつ病にしても、真性のうつ病と、そうでないのがあって、本当のうつ病は深刻だが、単に自分のわがままを通すためだけに、病気のような気がしているだけのケースも増えているという報告を読んだ。「どうも最近しんどい」と感じれば、「これだけ世間でうつ病が騒がれているのだから、きっと自分はうつ病に違いない」と早合点してしまうものである。

うつ病という症例がこれほどブームにならなければ、彼らとて自分をうつとは思わなかったかもしれない。それと同じことが、引きこもりにも起きているような気がする。

アメリカという国は、親にとって謎めいた子供たちがとんでもないことを始めて、それを活力としてきた国だ。マイクロソフトの例を引くまでもなく、親の世代には理解できないことを何やら子供たちがごそごそやっていて、それが突然、すばらしい発明やシステムの発見となってきた。

親の立場からは、就職する気もなさそうな子供たちにヤキモキすることになる。家では口もきかないし、何を考えているか分からない。だが、彼らとて火星人でも宇宙人でもなく、本当はただの若者なのだ。

子供は子供で生きている。自分に合った仕事を探そうともがいているはずだ。とは言ってもほとんどの人はビル・ゲイツにはなれない。そこで若者たちは、第一章で書いた通り、若さの可能性という幻想の中で振り回され、余計な回り道をしているに過ぎない。

ネットよりも面白い現実世界の仕事

引きこもりに病理を発見したいなら、むしろそれは社会の側にある。今は自室でだらだらする子供に、親は「出て行け」とは言わない。昔だったら勘当モノだし、社会全体もそれを許さなかった。

実家にいることは楽だし、食事にも不自由しない。そんな楽な生活はないわけで、これでは外へ出て行こうという気力がなくなるのも当然ではないか。

僕自身は、高校も最後のほうになると、自分から家を出たくて仕方なくなっていた。家にいれば、「起きろ」「メシ食え」「学校へ行け」「風呂に入れ」と、事あるごとに干渉される。それがほとほと嫌になったからだ。下宿をすればどんなに楽だろうと思ったから、外へ出た。

僕と引きこもりの青年たちの違いは、ただそれだけのことである。「好き勝手に生きたい」「楽にしたい」という動機は、まったく同じなのである。

だが、本書で何度も指摘しているように、人間という動物は本来、社会の中でしか喜びを感じることができない存在だ。だから、本当は部屋の中にこもっていることは、それほど楽しいことではないはずである。

僕自身も会社に入って、仕事をするようになってから、「ああ、この方が面白いや」と感じることができた。

特に映画監督は、人のお金で自分の表現したいものを表現し、主張したいことを主張して、それでまたお金がもらえるという仕事だ。だから面白いのだが、映画監督だけでなく、仕事というものは多かれ少なかれ社会に働きかけるという要素で成立している。だから、映画監督や作家でなくても、仕事というものは本来、面白いものなのだ。

先の章でも触れたが、社会の中に自分の席を持つことの面白さ以上に面白いことはこの世に存在しないし、そのことによる安心感以上の安心感はないと言っていい。

家に帰らないオヤジは、「帰るとリストラされる」とか、「競争が厳しい」とか、いろんな理屈を言っているが、基本的には仕事が楽しく、会社が居心地がいいから帰らないのである。世の中に影響を与えるということ、社会にコミットするということは、実は仕事をおいて他には手段がない。だからこそ、仕事というものは麻薬的に面白いのである。

部屋にこもっている青年は、まだそのことを知らない。だが、やがては彼も気づくはずなのだ。部屋の中にいても、何ひとつも面白いことは起きない。小さなパソコンのモニター越しに見る社会よりも、その目で現実に見る社会のほうがはるかに面白い、ということを。

少なくとも、ネットで社会とつながろうとする気持ちがあるうちは、そのことに早晩気づくはずなのである。だから、「子供たちを放っておけ」と、僕は言っている。

正体を明かしてこそ手に入る社会性

ちなみに僕自身はネットをほとんどしない。調べ物や買い物をする時に、ほんのちょっと活用するくらいで、ほとんどパソコンとは無縁の生活を送っている。『GHOST IN THE SHELL/攻殻機動隊』[*1]のような作品で近未来のネット社会を描いたからか、僕のことをネット社会の達人などと勘違いしている人が多いようだが、実は興味もさほど持っていない。

ブログの書き込みなど一度も経験がない。2ちゃんねるを見たこともない。それどころか携帯電話も持ってないし、電話をかける時は相変わらずテレフォンカードを手に公衆電話を探しているような有様だ。そもそも電話も嫌いだ。電話が鳴ると不機嫌になる。

僕自身は映画という手段を通じて、世の中に何かしらの発言をする機会を与えられている。こうして本を出すこともある。これだけ巨大なスピーカーを持っているのだから、わざわざネットで発言する意義を感じない。

ネット上でおそらく悪口も相当書かれているのではないかと思うが、それも気にならない。映画監督は発表した映画がすべてだ。本来ならば、それ以上に発言する必要もないし、まして自慢したり、言い訳したりする必要もない。作品の評判が悪ければ、結局は全部自分のせい。黙って悪評に耐えるしかない。ブログで弁解する必要など、さらさらない。

自分の作品に対する世間の評判にしても、筆者が正体を現わさない批評に耳を傾けるつもりはない。だが、ネットで発言したい人がいることは理解できる。それこそが、「社会につながりたい」「社会に対して何か発言したい」という、社会的動物である人間の根源的欲求だからだ。

ただ、言いたいのは、正体を隠してネットで発言するより、もっと面白いことがこの世界にはあるはずだよ、ということだ。ハンドルネームで正体を隠したどこかの誰かでなく、ちゃんと自分を自分として認めてもらえる世界があるのだ。

ネットで何かしらの発言をして、それが話題になったり、人を傷つけたり、喜ばせたりしても、それは社会性を身につけたというのとは次元の違う話だ。社会性というのは、自分の名前と顔をさらして生きていこうという決意のことだからである。

匿名で意見を発表して、何らかの影響を社会に与えたと満足しても、本書の文脈で言えば、その行為はまだ社会性を保留しただけに過ぎない行為だ。自分はいつでも社会とつながれるという幻想を持っているだけで、実際に社会性を身につけたわけではない。

もちろんネット上でも実名を公表して、主張を発表している人がいるだろうし、そういう人の意見には、多少なりとも耳を傾ける価値があるかもしれない。だが、もしも僕に何か言いたいことがあれば、いっそ手紙でもくれたほうがいい。しかし、実際はそんな手紙が来たためしはほとんどない。

ドイツの女子中学生が定期的に手紙をくれるが、ほんとうにそれくらいだ。みんな僕に言いたいことはないのかもしれないが、それにしても伝え聞くネットの中での熱狂と、現実世界の静かな反響の違いはどうしたことだろうと、不思議にさえ思う。

仕事を通して初めて得た、話すべきテーマ

僕は今でも、話すべきテーマがない時に他人と話したいとは思わないし、そうする必

要を感じたこともない。言葉がなくても一緒にいられるのは犬くらいなものだ。

それでも、いつもどこかで誰かとしゃべっているのは、仕事があるからだ。仕事上、話をしなければならないことは山ほどある。スタッフと話さないと仕事は進まないし、出資者と話して映画の理解を得なければならないし、マスコミの取材を受けて宣伝してもらわないといけない。

つまり、仕事という場を得たことで、話すべきテーマが山ほど見つかったということだ。そこで交わされる言葉は、会話のための会話ではないし、それぞれ必要なおしゃべりであり、また、自分が今一番、興味関心のあるテーマとなっている。

仕事だから、友人としては付き合わないような人間とも付き合うことになる。本来ならば出会わないような人と出会うこともある。

友人にはしたくないような、とんでもないやつらもたくさんいて、でも、仕事だから付き合えるし、そういう人間を面白いとも思える。例えば、スタジオジブリの鈴木敏夫プロデューサーは友人としてはともかく、仕事というフィルターを通すと、これほど面白い人間はいない。仕事はそんな面白い出会いを用意してくれるのだ。

それに、仕事というフィルターは、人間関係にある種の抑制をもたらしてくれる。あまり仕事の現場で我ばかり通そうとしてもうまくいかないことは普通の社会人なら誰もが知っているので、性格的には破綻しているような人間でも、仕事の現場ではそういう部分を極力出さないようにする。

まあ、だらしなさとか、性格の暗さとか、異常な几帳面さとか、そういうものが仕事ににじみ出ることはあるが、それでも、私生活で付き合うよりはずっと抑制が効く。だから、人付き合いの下手な人でも、仕事の現場のほうがうまく人と付き合えるものだ。

僕には友人と呼べる人はひとりもいない。けれど、仕事仲間ならたくさんいる。友人などほしいとも思わない。仕事仲間がいれば、それで十分だ。

友達なんか、いらない

では、友人と仕事仲間の違いとは何か。仕事仲間とは、ともに仕事をする仲間なのだから、仕事上の自分の可能性を高めてくれる相手ということになる。いくら監督がいばっても、スタッフがいなければ映画は完成しない。つまり、僕にとっての仕事仲間であるスタッフのおかげで、僕は映画監督を名乗っていられる。
『スカイ・クロラ The Sky Crawlers』では、若い石井朋彦[*2]プロデューサーと一緒に作品を作り上げてきた。彼と僕は親子ほども年が離れているが、それでも仕事仲間である以上、年齢の差はまったく気にならない。始終一緒にいて映画のことを語り合い、何十時間、何百時間と話し合っているが、彼は友人ではない。信頼できる仕事仲間であって、仕事以外で付き合う気は僕にはないし、彼にもその気はないはずだ。

僕にとって彼は自分の仕事で有用だから付き合っているのであって、彼にとっての僕もそのような人間なのである。このように、お互いが相手を頼りにしているという関係性が成り立たなければ、仕事上のパートナーとは成り得ない。だから、相手との関わりをこれほど実感できるコミュニケーション手段は、仕事のほかには僕は見つけられない。

人間関係を以上のように考察すると、次の結論を得ることができる。互いに利用しあう関係が仕事仲間であって、「損得抜きで付き合う」といった関係が友人同士の付き合いである、ということだ。

だが、僕に言わせてもらえば、損得抜きで付き合うことは、それほど立派で大切なことなのだろうか、ということだ。

もちろん、損得というのは何も金銭のことばかりを言っているのではない、生きているという充実感を得ることも含めて、損得である。僕と石井プロデューサーは、一本の映画を一緒に作って、その映画を素晴らしいものにして、ある価値を新たに創出したいと、同じ夢を抱いているわけだ。レーニンとトロツキーが共闘したのと同じだ。

新しい価値を生み出すという利害が一致したから付き合っている。もちろんその結果、映画がヒットすれば、お金も儲かるわけだが、別の章でも述べた通り、それが第一の目的ではない。

僕らは確かに損得ありで付き合っている。こいつと付き合ったら損だ、という人間を仕事のパートナーには選ばない。しかしそれが、損得抜きの友人関係よりも、価値のない関係だと誰が断じることができようか。

そうやって突き詰めていけば、本当に損得抜きで付き合える友人関係というものが、はたして本当に存在するのかどうかも疑わしくなってくる。恋人にしても配偶者にしても、そこにあるのは無償の愛ばかりではなく、大方はやはり損得の計算はあるだろう。

動物と人間の関係にしても、「えさをくれる」「癒してくれる」というギブ・アンド・テークの関係が成り立っていると言えなくもない。「こいつだけは親友で、損得抜きで付き合える」という相手がいる人は、まあ確かに幸せだが、本当にその人と損得を考えずに付き合っていると言えるのか。

「何かあったら助けてくれる」とか、「寂しい時はいつでも会ってくれる」とか、その程度の計算や打算は当然働いているからこそ成立する関係もあるはずだ。

それもないというのなら、友人が手ひどい裏切り行為をしたとしても、笑って許せるくらいの気持ちになれない限りは、「損得はない」と言い切れないのではないだろうか。

だから僕は、本当に損得に関係ない相手と会うと、話すことすらなくなってしまう。昔の同級生に会っても、「お互い年取ったもんだ」「何だ、お前のその腹」といった会話を交わせば、もう話すこともない。

虚構の世界の美しい友情

ところが、漫画やアニメの世界はもう、友情、友情のオンパレードだ。ハリウッド映画にしても同じである。確かにその中では、損得抜きの友情が描かれる。どんなにひどい目に遭わされても、「お前はオレの大事な友達だ」と主人公が彼や彼女を助ける。美しい主人公たちは、時に自分の命を狙う相手にさえ、友情を発揮することがある。

それに比べて、僕たちは何と薄汚れた存在なのだろう。打算がなければ人と付き合うこともできない。損得でしか、友達を作ることもできない——。虚構の美しい友情を見せられて、そんなふうに若者たちが考えはしないか、と心配になるくらい美しい友情で、映画やアニメや漫画やドラマの世界は満ち溢《あふ》れている。だが、現実はそうではないのだ。

第一章で述べたようなデマゴギーが、ここにもひとつあった。漫画やアニメで描かれる友情など、未来からやってきた殺人ロボットと同じくらいに、いやそれよりもっと虚飾に満ちた表現だ。

少なくとも僕は、そんな友情を描いたことはこれまでにただの一度もない。学園コメディーである『うる星やつら』には主人公の友人たちが何人も登場するが、あの中で描かれるのは主人公たちの欲望であって、その欲望を実現するために誰と誰が共闘し、誰と組むのが有利かという、そういう関係だけだ。それこそが、現実世界で「友人関係」

と呼ばれているものの実態に近いと僕は考えて、アニメーションにしたのである。

僕自身はどうかというと、やはり価値観を共有できる人間としか付き合えなかった。ということは、つまり、損得でしか人と付き合えなかったということだ。だから、彼女がいくら欲しくても、民青や革マルの女の子と付き合うわけにはいかなかった。

何のために仲間を作るのか

ほかの章でも書いたように、何事においても僕にとっては「動機」というものが必要で、何のために彼女が必要か、何のために友人が必要かということを考えていたのだと思う。「動機」などという概念が理解できないくらい幼いころはずっとひとり遊びで、それこそ友達のひとりもいなかった。

それがずっと続いていて、今は仲間を作る「動機」は仕事だけになった。仕事がしたいから仲間を作っている。あるいはこう言い直してもいい。僕にとっての人間関係は――それを友人関係と呼べるなら呼んでもいいが――、おそらく自分という人間の価値を、証明してもらうために存在しているのだ、と。

特に若いころは、そういう思いが強かったのだと思う。何かしらの価値を生み出すために、そして自分が何かしらの価値を生み出すに値する人間であるために仲間が必要なのであって、友人や仲間はそのための一種の手段だったのではないだろうか。

「友人は手段」という言い方は、「友情は美しい」というより、ずっと冷たく聞こえるかもしれない。でも、そう割り切ってしまえば、別に友達がいようがいまいが、そんなことは気にならなくなる。仲間外れにされようと、同級生から無視されようと、そんなことはどうでもよくなってくるはずなのだ。

ところが、世間があまりに美しい虚構の友情を若者たちに押し付けるから、どうしても友人の少ない人間はどこか欠陥人間のような見方をされてしまう。そしてその傾向は、近年ますます強くなっているようだ。

ある広告会社の調査によれば、「あなたは何人の友達がいますか？」と子供に聞くと、現在は昔よりかなり友達が増えているという。少子化で自分の周囲にいる子供の数は相当減っているのに、友達の数は逆に増えている。

この珍現象はつまり、現在は動機なくして友人を作る時代になったということの表れなのだろう。友達を作るのは何かを生み出したいからではなく、友達を作ることそのものに、若者が価値を置き始めているからなのだ。手段が目的になったということである。だから、友達を作ったからといって、その友達と何かを成し遂げようと考えているわけではない。友達が多い人、というふうに周囲から見られることだけが自己目的化している、というわけだ。

そう考えていくと、「いつも携帯電話で友達とつながっていないと心配」という若者の気持ちや、始終メールを打ち続けている女子高生の焦りも、何となくではあるが、理解できなくはない。友人の数を競い合い、メールにすぐ反応しないと友人でいられなくなるというようなバカげたルールに縛られるのも、「友情は大切」「友情は美しい」とデマを流し続けてきた社会に責任があると思う。

そんな友達なら、いないほうがいい。

すべては映画を作るために

僕には友達と呼べる人はいないし、それを苦にしたことはない。年賀状にしても、こちらから出すのは毎年ふたりだけ。師匠ともうひとり。さすがに出さないと失礼と思われる大先輩のふたりを除いて、年賀のあいさつを出す相手もいない。

だから、正月にうちに配られる年賀状はどんどん減ってきた。それでもいいと僕は思っている。他人とのコミュニケーションは、こんな僕でも大事だ。いや、多くの人の才能に支えられて映画を作る僕のような人間には、コミュニケーションほど大切なものはない、と言ってもいいだろう。

だが、それはあくまでも映画を作るという目的があってのことだ。もしも僕がたったひとりでも映画を作ることができるなら、ひとり家にこもって誰とも交わらず、黙々と作業をするだろう。

だが、実際にはそんなことはできるはずもない。だから、僕は他人を必要とする。他人を必要とするから、他人と一晩でも二晩でも、相手に自分の考えを納得してもらえるまで、とことん話す。

その過程で、その人とどんなふうに付き合えばうまくやっていけるかを真剣に考える。仕事仲間になるのだから、映画を作る数年の間は、その人とうまくやっていきたいと自然に思うから、そうするだけのことだ。

逆に、話す必要もない相手とは話さない。僕は別にお友達が欲しいわけじゃないからだ。友人なんてそんなもの、と思ってみれば、人間関係であれやこれやと悩むこともバカらしくなってくるはずだ。

だから、若者は早く外の世界へ出て、仕事でも見つけ、必要に応じた仲間を作ればいいと、僕は思っている。ただ、そばにいてダラダラと一緒に過ごすだけではない仲間がきっと見つかるはずだ。

損得勘定で動く自分を責めてはいけない。しょせん人間は、損得でしか動けないものだ。無償の友情とか、そんな幻想に振り回されてはいけない。

そうすれば、この世界はもう少し生きやすくなる。

＊1―『GHOST IN THE SHELL/攻殻機動隊』(1995)……士郎正宗原作。押井守監督作品。電子が星を駆け巡る2029年。国際手配中のハッカーが捕らえられた。彼は完全にサイボーグ化され、電脳を有し、自らを情報の

海で生まれた生命体だと主張する。脳以外をサイボーグ化している草薙素子は、彼との関わりの中で、それまで確信の持てなかった自らの存在をネットの海の中に見出す。アメリカではビルボード誌のビデオ週間売り上げ1位となり、ウォシャウスキー兄弟の『マトリックス』に多大な影響を与えた。2008年に音響・音楽・声をすべて撮り直した『GHOST IN THE SHELL/攻殻機動隊2・0』が公開された。

＊2―石井朋彦（1977―）……映画プロデューサー。アニメーション制作会社プロダクション I.G 所属。押井監督作品『スカイ・クロラ The Sky Crawlers』のプロデューサーを務める。

第六章　# オタク論

アキハバラが経済を動かす

四十歳の童貞は大魔導師になる

一部のオタクたちの間で、こんな伝説が生まれているのだそうだ。

――男がずっと童貞を貫いていると、三十歳で魔法使いになる。そして、四十歳でその親玉格である大魔導師という存在になれる。特に、帝王切開で生まれたやつは、その中でも最もグレードが高い。なぜならその男は、生まれた時に母親の膣に触れることもなかったわけだから、生涯一度も女性の膣に触ったことがないということで、まさに完全無欠の存在だ。それに比べるといわゆる素人童貞みたいなやつは、半端者の「半人間」である――。

これを聞いたとき、物語としてなかなかの傑作だと僕は思った。初めはテレビ番組で見たのだが、実際に大魔導師を目指している若者が登場した。それがまた、アニメのキャラクターのような格好をした、きわめてきれいな顔立ちをした青年だったから驚いた。

微妙な髪のはね方とか、服装とか、それをキャラクターのように忠実に再現して、本当にアニメ作品から飛び出してきたようだった。二十三、四歳と思うが、聞けばネットオークションで月に十五万円ほど稼いで、そのすべてを衣装費用とゲーム代につぎ込んでいるという。完璧にコスチュームを決めて、完全にキャラクターになりきっていた。

彼の妹という子も登場して、こちらはメガネ顔のメイド服。つまり、ふたりとも秋葉原の住民なのだが、妹は「お兄ちゃんにだけはまともに生きてほしかった」などと言う。その物言いが面白かった。そして、そばで母親がヨヨと泣いているわけだ。

確かに母親としては泣きたくもなるだろう。息子はアニメキャラ、娘はメイド。ふたりには完全にアキバの呪いがかかっていて、しかも、息子は大魔導師を目指しているという。じゃあ、大魔導師になって何をしたいのか、というと、どうも目的はないらしいのである。

かといって、大魔導師になること自体を人生の目標としているわけではないのは明らかだ。人生の目標としたいのなら、童貞のまま死んだときに、あの世で大魔導師になれるという設定でもいいわけだ。しかし、彼らは四十歳という期限を設けていた。つまり、この物語の虚飾性というか、限界を彼自身も十分に理解しているということなのだ。

アニメ世界に遊ぶ、という現実的な生き方

前の章で、恋愛に勝負をしない男たちのことを僕は批判したが、彼らと、大魔導師を目指す彼との決定的な違いはここだ。おそらく彼は、好きな子に自分の気持ちを打ち明けられない代償行為として、そのようなストーリーを設定したのではない。今の彼は現実の女性には興味もないだろう。

彼はアキバという街の中で、夢を見るようにアニメ世界に遊んでいる。夢の世界は彼にとって何かの代替物ではない。できることならば、このままずっと永遠にこの夢が続いてほしいと願っているはずだ。しかし、人間は老いていくし、彼が演じられるキャラクターはいつかはなくなっていく。

多分、彼はそのことを十分に承知していて、夢の終わりを四十歳と、自ら区切ったのではないだろうか。大魔導師はいわばスローガンのようなもので、それ自体に大して意味はないのだと僕は思う。

何かの代償行為ではない、という意味では、日々メイド喫茶の客と擬似恋愛を演じている妹も同じだ。僕はメイド喫茶のことを初めて知った時、アルバイトするのに割りの

いい新手の風俗なのだろうと思っていた。ところが、彼女たちの意識はどうもそうではないらしい。職業としてメイドをしているのではなく、メイドが好きで、ご主人様に仕えることが好きで、つまり自分の生き方として、メイドという人生を選んでいるらしいのだ。

つまり、この兄妹はすでに、彼らの望む何者かになっているのである。「いつかこんな暮らしからおさらばしてやる」とか、「いつかは幸せな結婚をして、仕事を辞めてやる」とか思っているわけではない。兄妹は、自分たちの人生を留保しているわけではなく、今まさに望むままの人生を謳歌しているのだ。

アキバというシステム

さらに僕が感心したのは、曲がりなりにも彼らが稼いでいることだ。もちろん、生活費は親掛かりなのだろうが、それでもいくばくかの金は自分で得ている。特に妹は自分の好きな仕事で稼いでいる。それを可能にしたのが、アキバというシステムである。

そこに行けば男の子はメイドに会えて、女の子はご主人様に会える。金銭の授受があり、欲望がシステム化されている。単に趣味の世界ではなく、狭いながらもアキバという街で社会性を帯びた経済行為が行われている。であれば、そこには経営努力も生存競争もあるわけで、これは立派な産業だ。

メイド喫茶は経済行為の上で成り立つ擬似恋愛なのだという前提は、アキバで遊ぶ人間なら誰もが分かっている。だから、かつてメイドが不心得者に誘拐されたというニュースが流れた時、オタクたちは「メイドをさらうなんて、オタクにもとる行為だ」と真剣に激怒したのである。

メイド誘拐は、明らかにルール違反だった。その一線を越えてしまったら、彼らがアキバを舞台に展開している共同幻想、夢の世界が一気に壊れてしまうのである。遊園地でキャラクターの着ぐるみを脱いでいるところを、子供に見せるのと同じ行為だ。金銭の授受を媒介しているとはいえ、彼らはそういう意味では純粋なのである。

この仕組みは僕の仕事とある意味、同じである。アニメーションや映画というものは、幻想の体験を提供しているのであって、それをスクリーンに投影するか、あるいは秋葉原という一つの街を舞台に行うかの違いだけである。

映画は百年以上の歴史があって、映画という芸術そのものがいつかなくなってしまうと感じる人は少ないと思うが、アキバだってもう十年以上も経過してシステムが確立し、しかもそれが進化している。

ファンの欲望を満たすために、無声映画からトーキー、モノクロからカラーを経て、VFXのすごい特撮作品にいたるまで映画がどんどん進化したように、世界的にも有名になったアキバという舞台ではこの先、どんなふうにビジネスが進化して、そこに新しくどんなビジネスチャンスが生まれるか分からない。

人気があればお金が集まり、お金が集まれば才能が集まる。それはアキバというシステムにも当てはまる原理だ。そうやって街が進化した先に、今度はどんなアキバ文化が生まれるかは、誰にも予測はできないのである。

アキバの経済効果

擬似恋愛だろうと本物の恋愛だろうと、経済行為に組み込んでいこうとするのは、現代社会の本性である。本来は個人的な関係に過ぎない恋愛さえ、結婚という結末に及んで、結婚式を挙げたり、新婚旅行に行ったり、という行為に結びつき、社会に数百万、数千万円単位の金を流通させることになる。

だから、社会は若い人たちに結婚を要求するのだ。ふたりだけの世界に引きこもってもらっては困るのである。そういうふうに今の社会は成り立っている。

経済的側面から見れば、恋愛も擬似恋愛もたいした違いはない。金を流通させさえすれば、社会はそれで成り立つ部分があるからだ。それに、妹は学校を出て、事務か何かの仕事をするよりは、はるかに多額の報酬をメイド仕事で得ているはずだ。

しかも彼女たちはメイドの仕事を「天職」と呼んでいる。もうすでに、彼女たちはなりたいものになっている。いつまでメイドの仕事ができるか分からないが、それを言ったら、スポーツ選手なども同じことだ。

変遷する「世間並み」の定義

それでも母親は泣いていた。では、あの母親は子供たちがどんな生き方をしてくれたら、あんなふうに泣かずにすんだのだろう。

おそらく、学校を出て、まじめに就職して、就職先が名の通った企業ならなおのこと、そうでないとしてもまっとうな会社員になり、結婚でもして、孫の顔を見せてくれたら、それで満足だったのだろうか。

確かに兄は、今はネットオークションで稼いでいるといっても、そんな生活がいつまで続くかは分からない。でも、どんな会社に就職しようと、それで一生安定した生活ができるかどうかなど、誰にも分からない。

母親は子供たちに世間並みでいてほしい、と願ったのだろうが、今ではその「世間並み」という前提がどんどん崩れているのだ。ほんの少し前は、アニメーションのスタジオに就職するなどということはまったく世間並みではなかった。親によっては、アニメ制作会社に入社すると言ったら激怒したはずだ。

ところが今や、アニメスタジオの中には上場している企業もあるし、政府は日本の重要輸出産業だなどと言い始めている。堂々たる就職なのである。

とは言え、二十年以上続いたアニメーションスタジオはほとんど存在しない。つまり、スタジオに就職できたとしても、それで一生安泰と言えるかというと、もちろんそうではないのである。

おそらくあの兄妹はいつまでも親元を離れずにいるだろうが、そんなことも今や「世間並み」から外れた行為とは言えなくなってきた。江戸時代の武家なら、「行かず後家」とか「出戻り娘」などといった存在は一家の恥でもあったのだろうが、今や実家の側が、なるべく子供たちに出て行ってほしくないと望む時代だ。

「娘にはなるべく家にいてほしい」「結婚しても近くに住んでほしい」「離婚したら温かく家に迎え入れる」といった親がどれほど多いことか。いつまでも家を出て行かない若者が増えてきたのは、何も彼らだけに原因があるわけではなく、社会がそれを許す環境を整えたからなのである。

それだけ現代の日本は裕福だということの証左でもあるのだが、そうは言っても息子や娘があんな格好をしていると、母親は泣いてしまった。それは、母親の中にまだ「男だったら学校を出たらちゃんと就職し、女だったら結婚でもして、それで初めて一人前になる」という古い固定観念が残っているからだ。

僕は親との確執から一刻も早く家を抜け出したくて、そのことばかり考えていたが、それでもどこかで、学校を出たら自活するのが当たり前という意識があったのも確かだ。しかし、今は社会そのものが変革の途上にある。泣いた母親も、いつまでも過去の「世間並み」に縛られる理由はなくなっている。

「オタク」という新しい生き方

これからの現代ニッポンを生き抜くうえで、問題になるのはオタクかオタクでないか、ではない。先の章でも述べた通り、問題とすべきは、「人生の選択を留保していないか」という点と、「社会と関わりを保っているか」の二点だけだ。むしろ先進国の若者がすべてオタク化する傾向にある中で、オタクであることの方がビジネスとしてチャンスをつかむ可能性も大きくなると思う。

オタクという言葉を定義化すれば、何か特定の分野に異常なまでの執着を示すこと、と言えるだろう。だからひと言でオタクと言っても、その愛情の矛先はあらゆる方向に向かっている。

アイドルや漫画、アニメ、鉄道、フィギュアといった、いかにもオタクというイメージにぴったりの方向もあるが、今はそれだけでなく、時計オタクとか靴オタクなど、本来的な意味ではない使われ方もする。健康オタクとか運動オタク、スポーツオタクといった、自己矛盾のような表現さえある。

つまりオタクという人種は、特定の分野に著しい情熱を持ち続けている人、と再定義されるのである。そして、この情熱を持ち続けるという生き方だけが、現代日本という羅針盤も道標もない世界を渡っていくうえで、唯一の指針となるものだと、僕は思っている。

かつて世間には、人々が信じるに足る「ストーリー」があった。それは、学校を出たら就職して自立し、家を出て結婚して、子供を作り、オヤジや母親となって子育てに精を出し、子供を社会の構成員として一人前に育て上げたら、死んでいくという物語だ。

だが、この物語があらゆる局面で破綻し始めているのは、これまで検証してきた通りだ。就職も結婚もせず、家から出ることもない今の若者たちには、お手本となる人生の生き方、指針が存在しない。

世間体とか、世間並みという言葉が廃れたら、自分が外れた道を歩いているかどうかの基準もなくなるし、世間並みの評価を得ようという動機付けもなくなってしまう。

そんな社会では、情熱だけが自分の拠り所となるはずだ。廃れてしまった物語にしがみつける人ならばそれでもいいが、物語のレールから外れた人は、オタク的な生き方しか残らないのである。

僕もあなたも天才ではない

「才能」という言葉を人はよく口にする。才能だけでやっていける天才という人も、何億人かにひとりくらいはいるのかもしれない。レオナルド・ダ・ヴィンチやモーツァルトやミケランジェロはそうだったのだろう。しかし、やはりそれは極めて稀《まれ》にしか現われない特異な現象であって、僕もあなたも、少なくともそんな天才ではなさそうだ。

それでも僕が、(たとえダ・ヴィンチとは比ぶべくもないとしても)少なくとも映画監督という立場を得て、人様の目に自分の作品を触れてもらえる機会を得たのはなぜか。

それは僕が、映画というものに飽きなかったからだ。美しい言葉で言えば、映画に対する情熱を最後までなくさなかったからである。

それしか、僕が他の人に対して優れた点はない。映画を見続け、映画を語り続けて、映画に関わり続けた。そして、そのことに飽くことはなかった。これだけが僕のいわば「才能」であって、演出とか脚本とか、そういうことについて初めから、特別の才能を持ち合わせていたわけではない。

「眠っている才能」などという表現を耳にすることがあるが、もしも本当に、何億人かにひとりの才能がどこかに埋まっていれば、その才能は必ずひとりでに輝きだして、埋もれてしまうことを拒むはずだ。きっと誰かに発見されるはずなのである。だから、本物の才能がどこかで眠り続けているはずはないし、残念ながら、その才能の持ち主があなたである確率はほぼゼロに等しい。

つまりほとんどの人は、才能などとは縁のない場所で一生を過ごすことになる。僕は二十六歳でアニメーションのスタジオに飛び込み、初めて書いた絵コンテが評価されて演出家になった。しかしそれは、雪舟が習ってもいない絵をすらすらと書いたのとは違う。僕は必死に見てきた映画の場面を忘れなかったから、見よう見まねでコンテを切ることができただけだ。

要するに映画が好きだった、というだけの話に過ぎない。僕は映画が好きだった。恋愛や遊びや、青春のすべてを犠牲にしてでも映画を見るほど、映画が好きだった。映画を見たら感想を必ず大学ノートに記した。どんなにつまらない映画でも、それだけは欠かさなかった。逆につまらない映画ほど、自分はこの駄作について、いったいどれほどのことが語れるのか、と試した。

ほとんどの映画は、キャストとストーリーを書けば、後は書くことのない凡庸なものばかりだ。そこで何かを書くとなると、何かを自分に強いることになる。つまり努力や訓練を自らに課すことになる。

自分だったら、こういう映画は作らないとか、あの場面はこういうふうにするとか、書き付けているうちに、それが訓練となっている。初めは好きで始めたものが、いつの間にか僕は自分なりの映画制作をノートの上のシミュレーションとして実践し、訓練していたことになる。「天才少年だ、何だ」と言われもしたが、いきなり絵コンテを切れたのは、この訓練のたまものだったのだ。

『新世紀エヴァンゲリオン』の庵野秀明[*1]監督を見ていると、自分と同じだなあと思う。

彼はひたすら好きな映画しか見てこなかったし、今も自分の好きな範囲でしか仕事をしていない。それ以上のことは何ひとつとして獲得しようともしていない。つまり、情熱だけが、この監督を支えているのである。

映画監督に天才はいない

そもそも映画監督という商売は、天才には勤まらないと僕は思う。[*2]ジェームズ・キャメロンとか[*3]ジョージ・ルーカスとか、[*4]ウォシャウスキー兄弟とか、それなりに名の通った監督に会う機会は何度もあったが、特殊な人間などひとりもいなかった。英国の大監督[*5]ケン・ラッセルは、大酒を飲んで「おれに映画を撮らせろ」とわめき散らす酔っ払いだった。

映画監督に天才はいないというのが僕の持論だ。映画はひとりで作ることができない。天才は誰にも理解できないから天才なのであって、共同作業の映画の制作現場に天才監督がいても、スタッフが彼を理解できないようでは、映画は完成しない。

「人使いの天才」という言葉の使い方が許されるのならば、映画界にも天才はごまんといる。だが、本来的な意味での天才はいないといっていい。デヴィッド・リンチ[*6]だけはひょっとしたら天才かもしれないと思うこともあるが、だとしたらそれが唯一の例外だろう。

天才でない人間はどう生きるのか

だから、天才の身でない我々は、情熱を持ち続けることしか、この世を渡っていく術がないのだ。情熱さえあれば、貧乏も苦難も乗り越えられるだろう。『名もなく貧しく美しく』の話を先に書いたが、金や名声を追っていけば、それが失われたときに人は堕落する。だが、自分の美学と情熱があれば、富と名誉に煩わされることなく生きていける。

どんなことに対してでもいいが、どんな人も一度は何かに情熱を持ったことがあるはずだ。人間、好きなことには寝食を忘れるぐらいに没頭できるものだ。そしてそれが、オタクと呼ばれる状態なのである。

かつて、オタクという言葉の響きには「生産性ゼロ」という意味合いが含まれていた。

経済行為として価値のない存在だった。確かに、オタクという言葉が現われ始めたころは、欲望の代替物としてアニメや漫画を利用するだけの社会性のない人々のことを指していた。

だが、オタクそのものが進化し多様化したのと同時に、オタクという言葉も汎用性を増し、初期とは違う意味合いを持つようになってきている。今では、どんな社会にもオタクはいる。どんな会社にも役所にも、自衛官にも警察官にもオタクは存在する。

オタクは今や、人としての一つの価値観、生き方の一つという意味合いで、きちんと再認識されるべき時期が来ていると思う。オタクとは、ある種の情熱を持った人々である、と。

アキバのメイドたちは、「一生メイドでいたい」と言う。まさにあの妹たちは今、情熱をもってメイドになりきっている。意地の悪い見方をすれば、「いつまでもメイドの仕事ができるものか」と言うこともできる。だが、彼女たちが年を取った時は客の方も年を取っていて、オバサンのメイドに需要があるかもしれない。

「アキバの中でしか通用しない生き方じゃないのか」と反論したい人もいるかもしれな

い。だが、地域限定でしか通用しない仕事はいくらでもある。東京でしか通用しない仕事、京都でしか通用しない仕事、田舎でしか通用しない仕事と、それこそ山のようにある。たとえ狭い範囲であったとしても、秋葉原で通用するなら、それはそれで立派な仕事だろう。

大魔導師を目指すということ

これもテレビ番組で見たのだが、何代も続く唐辛子の配合の仕事というのがあって、その配合は一子相伝、外部には絶対に漏らさないという厳格なものらしい。確かにその唐辛子はうまいのだろう。だが、唐辛子が世の中に絶対に必要なものかと言われたら、いやそれほどのものでもない。

唐辛子の配合を何代も引き継いでいる伝統は立派だと思うが、アニメの主人公のような髪型にする方法を何年にもわたって研究しているのと何が違うのかと言うと、実は大きな差はないように僕は思うのだ。

僕のような仕事もまた、汗水たらして大根やなべ釜を作っている人たちとは違う。それに比べたら、映画制作など虚業の最たるものといえる。アニメーションなどはなくなっても、人は生きていくことができる。それでも僕は心を砕き、血を流し、体を削って、作品を作っている。

その行為を否定されたら、世の中の仕事の多くは否定されることになる。逆に言うと、一子相伝の大げさな能書きのついた唐辛子や、どこかの監督がヘロヘロになりながら作る映画が世の中を豊かにしているとも言える。

それと同時に、唐辛子やアニメにかけられた情熱は、アニメの髪型作りを何年も研究している大魔導師志望の兄のそれと、実はさして変わりはないとも言えるのだ。他人から見たらとても意味を見出せないようなことに情熱をかけることが、まさにオタクなのであって、誰が見ても重要だと思えること、つまり金儲けや農作物を育てる行為にいくら没頭したとしても、それはオタクとは言えない。

自分だけの価値観。自分だけの美学。それを磨いて磨いて、どこまでも極めていくうちに、やがて、ポツリ、ポツリとそれを理解してくれる人が現われ、やがてそれが一つの価値を作り出すことができれば、それこそがオタクの本懐である。

自分を美しく見せようと絶え間ない努力を続け、四十年間もの貞操を守り続けた男ならば、そのころ彼は何か、僕らが気づきもしなかった特殊な技術を身につけているかもしれない。僕らが気づきもしなかった価値を新たに発見しているかもしれない。

それは、人間が生きていく上では、何の役にも立たない技術に見えるかもしれない。だが、そんなものが案外、この世の中を豊かにしたり、何かの突破口になったりするのも世の常だ。

だから、僕は彼にはぜひ大魔導師を目指し、いつかその本願を成就してほしいと思うのである。ひょっとしたら大魔導師は、本物の魔法使いなのかもしれないのである。

＊1―庵野秀明（1960―）……映画監督。『超時空要塞マクロス』（82―83）『風の谷のナウシカ』（84）ではアニメーターとして参加。監督作品のテレビアニメ『新世紀エヴァンゲリオン』（95―96）のヒットは社会現象となり、いまだ根強いファンを持つ。2007年より『ヱヴァンゲリヲン新劇場版』が順次公開されている。

＊2―ジェームズ・キャメロン（1954―）……映画監督。『ターミネーター』（84）のヒットで世界中にその名が知られ、『タイタニック』（97）の全世界興行収入18億3000万ドルは未だ破られず。日本のアニメに造詣が深く、押井を大手映画会社に売り込んだこともある。

＊3―ジョージ・ルーカス（1944―）……映画監督・プロデューサー。『インディ・ジョーンズ』『スター・ウォーズ』シリーズで人気を不動のものとする。私財により「ルーカス・フィルム」を設立。その中のサウンド施設「スカイウォーカー・サウンド」で『スカイ・クロラ The Sky Crawlers』の音響は録音された。

＊4―ウォシャウスキー兄弟……映画監督の兄弟。『マトリックス』(99)の映像は、押井作品からの影響を受けていると公言。

＊5―ケン・ラッセル（1927―）……映画監督。狂気をはらんだ独特の演出でカルト的な人気を博す。代表作『トミー』(75)『ゴシック』(86)ほか。

＊6―デヴィッド・リンチ（1946―）……映画監督。『エレファント・マン』(80)、『デューン／砂の惑星』(84)とともに、日本ではテレビドラマ『ツイン・ピークス』(90―91)で一躍有名に。独自の難解な作風から「カルトの帝王」と呼ばれている。

第七章 格差論

いい加減に生きよう

盛り上がるばかりの格差論争

社会のあらゆる階層での格差が問題視されるようになった。地方と都市。親の世代と子の世代。高収入家庭がある一方で、働いているのに生活保護レベルの収入さえないワーキングプアの問題も大きく取り上げられている。

公教育の質が悪化する中で、親の年収が低いため塾に通えない子供の成績が伸びず、よって進学、就職に不利となり、結果として親の低年収が将来の子の低年収につながる、というような格差の連鎖とか、社会の二分化などということも叫ばれている。

この問題は、政治家の政策論争の域にとどまらず、ワイドショーのレベルでもかまびすしく議論されている。もちろん聞こえてくるのは、「格差を是正せよ」の大合唱だ。だが、そんな議論を見ていると、ちょっと危なっかしいなという気がしている。

僕は別に格差是認論者ではないし、市場原理主義者でもない。ただ、国民レベルでこの話題を云々することの危険性を、多少なりとも感じているのである。これを理解してもらうには、少しばかり説明が必要だろう。

今、盛んに言われているのは都市と地方の格差だ。地方に名物知事が次々と現われ、ワイドショーが彼らの発言を喜び勇んで放送するので、都市生活者にも地方の暮らしの大変さが伝わるようになってきた。

こうなると、政治家も地方の声を無視することはできなくなる。何せ相手はテレビメディアを味方につけたタレント知事たちだ。うっかり敵に回してしまうと、世論の総スカンを食らってしまいかねない。そして、ヒステリックなまでに格差が問題視され、その是正が叫ばれるようになる。

人間の多様性を否定した集団

さて、よその国でも、同じように都市と地方の格差を徹底的に是正しようとした歴史はある。代表的なものがカンボジアのポル・ポトだ。「農村は困窮を極めているのに、都市に住んでいる教師や弁護士は裕福な生活をして堕落している」という問題意識から、都市生活者を徹底的に敵視した。

民衆の支持を集め、インテリや都市生活者に対する苛烈な攻撃を始めた。都市のインテリはすべて死刑にすべきだ、それが嫌なら田舎に帰り、全員が鍬《くわ》を持って畑を作れと、そういうことを主張したわけだ。

でもポル・ポトの過激な思想も元をただせば単純な正義から出発したはずなのだ。それは、「人間は自由で、平等であるべきだ」という考えである。それ自体は決して批判されるべき思想ではないし、間違ってもいない。しかし、だからといって、それを徹底し始めると、どうにもおかしなことが起きてしまう。こういうことは人間社会ではよくあることだ。

なぜかというと、人間という存在がそもそもいい加減だからだ。同じ教育を施しても、伸びるやつとそうでないやつがいるように、本来、人間は個体による能力差が大きい動物だ。だから、あまりに人間の平等性を確保しようとすると、結局は人間の能力差やいい加減な部分まで否定せざるを得なくなる。

こんな人間のいい加減な部分に我慢ならず、民族を均質化させ、優生思想を先鋭化させた集団がほかにもあった。言うまでもなく、ナチスである。彼らは健康のためにと禁煙を奨励した。身体障害者やユダヤ人を憎んだ。

運動会のかけっこで順位をつけることが差別だとして、全員が一等にするようなことも教育現場では行われているようだが、普通に考えればアホらしい、そんな行為がまかり通ってしまうのが、この社会なのである。

元は「かけっこでいつもビリの子はかわいそう」という、まことに善意にあふれた愛情たっぷりの訴えから始まった措置だと思う。子供に順番をつけるのは良くない、という単純な正義感だったのかもしれない。

だが、そのアイデアのいきつく先に、人間社会を実に住みにくいものに変質させてしまう可能性がある。実は、そういうところに、人間の怖さが隠れているように思う。煉獄への道は善意で舗装されているというが、まさにその通りだ。

さて、カンボジアでは、平等を徹底しようとして、まったく個人の自由が失われた社会が出現し、何百万人という人間が虐殺された。日本の格差論議がそこまで行き着くとは、さすがに僕自身も考えているわけではない。しかし、人間という存在がいい加減なものである以上、人間社会もまた、ある程度はいい加減に運営されているのが正しい方法ではないか、と僕は思うのである。

民主主義という危険なシステム

今の日本には確かに都市と地方の格差があるだろう。ほかにもたくさん格差があるという指摘も正しいのだろう。それらの格差はいずれ埋められてしかるべきだ。

しかしその議論は、政治レベルでなければならないと僕は思うのだ。その問題ばかりがクローズアップされて、チャンネルをつければコメンテーターたちが、「地方は悲鳴を上げています」などと声高に叫ぶ光景は、ちょっと危険な感じがする。

実を言うとこれが、民主主義の危険な側面なのである。「人間は自由で平等である」。この前提には誰も反対しない。おそらくスターリンも毛沢東も、ポル・ポトでさえも反対はしないはずだ。だが、人間を自由で平等でいさせるための社会システムを作ろうとした途端に、殺し合いが始まる。

民主主義にはそもそも、そのような危険さがある。北朝鮮が民主主義を国名に謳《うた》っているように、その理念は高級すぎて、処方箋を誤るととんでもない事態となる。極端な民主主義の行き着く先は強制収容所しかない。だから、民主主義は中途半端で、不完全な間がとりあえず一番うまく機能する。

人間は平等。はい、その通りです。でもやっぱりちゃっかり儲けているやつもいれば、商売の下手なやつもいる。それが人間の面白いところ。せっかく才能があるのに、酒におぼれて、人生を台無しにするやつもいる。わけのわからない映画を作って嬉々としている監督もいるし、体に悪いと分かっているのにタバコをやめられないやつもいる。いやはや、人間とはどうしようもない存在ではないですか——。

とまあ、このくらいの余裕で人間社会を眺め渡したほうが、社会はうまくいくような気がするのである。

社会は95%の凡人に支えられる

そういう意味で僕は民主主義者ではない。徹底した民主主義を敷くくらいなら、僕は優秀な5%の人間によって支配される社会の方が、どれほどマシか分からないと思う。それでうまくいかなかったら、今度は95%の方が5%の首をすげ替えればいいのだ。

世の中にあまた作られる映画を見渡してみても、優れた表現を持つ作品は全体の5%といったところだろう。残りの95%は凡作だ。だが、その95%の凡作は不必要か、というとそんなことはない。この世界は優秀な5％と残りの95％で構成されているが、その5％は95％に依拠して成り立っているからだ。

例えば働きアリでも一生懸命に働くのはごく一部で、残りのアリは結構さぼっているらしい。そこで働き者のアリだけを集めてコロニーを作ると、やはり同じ割合だけ不真面目なアリが出現するという話を聞いたことがある。

アニメーションのスタジオで言えば、余人をもって代え難いという人材は、やはり全体の5％ほどにすぎないだろう。残りの95％は、言ってみれば兵隊のような存在だ。しかし、この95％の兵隊がいないと戦えないし、映画は完成しない。5％の有能なスタッフだけでは映画は作れない。

こうしてみると世の中には、常に95％の余裕が必要なようにできているのだろうと思う。少ない湯ではうまいソバが茹《ゆ》で上がらないのと同じで、たっぷりの湯の中でソバを遊ばせることが、どうしても必要となる。

何を言いたいのかというと、理念で突き詰めていくと失敗するということだ。確かに、真面目なアリだけ集めて集団を作れば、作業効率は高まるような気がする。ところが実際はそうはいかない。5%の優秀なスタッフだけを集めて作品を作りたいという欲求にかられても、そうはいかないのだ。

現実を見据え、極端に走ることなく、中庸を進むことが人間社会を生きる知恵だと、僕は思う。理想主義に陥ると大変に危険だ。民主主義でさえ現実と切り離された理念で突き詰めていくと危険であるのと同じだ。

日本には中途半端な民主主義しかないが、今のところ僕らにこれ以上、うまく社会を運営するシステムはない。多少の格差はあろうと、それをおおらかに、いい加減に許してしまう社会が一番いいと僕は思うのである。

格差論の根底にある嫉妬

僕は政治家ではないので、本書で政策論争をするつもりはない。「都市の税金の一部を地方に回せ」などと言うつもりもない。映画監督である僕が、僕なりの問題意識で社会評論をするのであれば、それはもっと本質的な議論であるべきだ。

ならば、この問題の本質はどこにあるのかというとそれは、「格差論の根底にあるのは、人間の嫉妬である」ということだ。巷《ちまた》で盛んに議論されている格差への警鐘を通して透けて見えるのは、根源的でプリミティブなねたみの心なのである。そして、ねたみほど強力な感情はない。

嫉妬は、「自分よりも幸せそうな人間の足を引っ張りたい」「自分よりも不幸な人間を見て安心したい」という、不条理で強力な欲望につながる。だから、「どうやったら、他人をうらやむ人間の本性を抑制できるか」という議論ではなく、「ねたみの心が満足される程度によくできた社会制度はどうやったらできるか」という政策論議をしている限り、格差の論議に終わりはない。

もしも終わりが来る時があるとすれば、それは完全に平等でフラットな社会が出現した時である。そしてそのためには、人間の多様性を否定しなければならない。つまりポル・ポトやナチズムにしか、人々のねたみの心を満足させられる社会はないのだ。

このように、ふと気を許した瞬間に、ナチズムの危険思想は僕らの中に忍び寄ってくる。ナチを熱狂的に支持した戦前のドイツ国民が我々に比べて劣っていたわけではない。人間はそんなに変われるものではないのだ。

だから、僕らは常に現実を見ていないといけない、ということだ。実はそれこそが、第一章で述べたオヤジの知恵である。この章の言い方で言えば「いい加減に生きる」、第一章の言い方に従えば「物事の本質を見極める」ということだ。

先の章で僕は、「人は常に社会とつながっていなければならない」と、繰り返し強調してきた。それは個人の生き方としても言えることなのだが、社会のあり方としても同様だ。個人も社会も、理念の中だけに逃げ込んではいけないのである。

学生運動を通じて得た真理

こういう考えに僕が至ったのは、高校時代の経験が大きかったと思う。学生運動が盛んだったころだ。来たるべき革命の高揚に学生は浮き立っていたし、落ちこぼれの僕は「革命ですべてがチャラになる。勉強しなくてもいいし、明日は銃をぶっ放しているはずだ」という解放感に浮かれていた。

だが、革命の欺瞞にはすぐに気がついた。大学生たちは革命を声高に叫んでいるのに、まったく革命的ではなかった。彼らは社会と切り離された学生生活の中で運動しているだけで、自分たちの口にする勇ましい言葉が、現実の中に少しも定着していないのだ。仲間同士でアパートに帰って酒を飲んでは、革命を叫んでいる。少しも現実と格闘していないので、現実との矛盾が生じることもない。だから彼らの運動は純粋で、破綻もきたさない。

ところが高校生だった僕たちは、そうはいかなかった。デモが終われば家族の待つ自宅に帰らざるを得ない。家に帰ればおふくろが泣き、親父とは殴り合いになる。家族という小さな社会ではあったが、それでも、現実と戦わざるを得なかった。高校生の学生運動の方が、はるかに実践的な社会との格闘だったのだ。その時から僕は、現実と向き合わない理念はまるで意味がないと、ぼんやり考え続けてきた。

ワイロやコネや、口利きや利権は、それ自体とてもほめられたものではない。犯罪的だったり、犯罪そのものだったりすることもある。しかしそれでもなお、そういったいい加減な部分を少しでも残すというか、許すような遊びの部分があることで、何となく社会全体がうまくいく、という感覚は大事な気がする。完全にすべてをクリーンにして、すべての情報を公開して、それで豊かな社会が本当に生まれるのだろうか、ということだ。

民主主義は根本にきれいごとの理念が鎮座しているので、あまりにそれを徹底すると、危険だ、と先ほど指摘した。日本人は民主主義の新参者なので、どうしても行き過ぎてしまう。アメリカ人も原理主義的な傾向がある。長い闘争の歴史の中で学んできたヨーロッパは最も振れ幅を小さくして、修正する能力を持っているように見える。

だから、そろそろ成熟した社会に突入しつつある日本人は、真面目すぎる自らの特性をよく理解して、あえていい加減な道を選ぶべき時期がやってきたのだと、僕は思う。

民主主義に対する距離のとり方は、否定するでもなく、信奉するでもなく、というぐらいが最も適当だろう。また、一個人の生き方としてもすべてをスッキリさせず、いい加減に生きていくことが一番ではないか、と思うのだ。

あとがき　今こそ言葉が大切な時

この世界は模倣で満ちている

本書ではこれまで、なるべく本質的な議論と考察を努めてきたつもりだ。例えば、家族内での殺しあうような悲惨な事件が、最近ずいぶんと頻発している。僕は、「人の取り得る行動のすべては、何らかの模倣である」という考えを持っている。人殺しでも恋愛でも、戦争でも善行でも、すべてがその例外ではない。だから、家族内の殺人も度重なる模倣の末に起きた一種のブームなのだと思う。

恋愛について述べたくだりで、性欲という強い本能に支えられた欲求でも文明化する、と書いた。若い男はセクシーな衣装に本能的に興奮を覚えるのではなく、エロ本のグラビアやアダルトビデオを覗《のぞ》き見して学習するうちに、その欲求を獲得していく。欲望でさえ、模倣の末に生まれるのであり、まったくの無から生じることはない。

才能についての考察で、ほとんどの人間は天才ではないと論じた。本物の天才であれば、本当に何もない無の状態から、何かしらのものを生み出せるのかもしれないが、ほとんどの人間にそんな芸当ができるわけがない。僕がアニメーションの世界に飛び込んだ当初からうまく絵コンテを切れたのは、映画を山ほど見続けた訓練の成果だったと書いた。つまりは模倣からスタートしたのだ。

この世は模倣されたモノたちで満ち溢れている。そして、ジャーナリズムの進歩が模倣の速度を驚異的なまでに引き上げている。あらゆることが一気に全世界に広まり、次々とブームが作られる。これからの世界を生きる人間は、このブームの中に隠れている本質を、いつも注意深く見つけ出す努力をしていないと、自分の立ち位置を失ってしまうことになるだろう。

何かの事件が起きると、ジャーナリズムはゲームやアニメや漫画に原因を見つけようと躍起になる。テレビのワイドショーではコメンテーターと称する人たちが、本質とはかけ離れた議論を繰り返している。何の発見もない言葉だけが無意味に再生産され、際限なく展開されていく。その言葉がまた、新たな模倣を生むだけなのである。

言葉が軽んじられる時代

見終わって、何の発見もない映画は駄作だ。エンタテインメントとしてどれほど優れていても、どこかに「なるほど」と思わせる新たな価値観や、新しい視点が盛り込まれていなければ、その映画の価値は低い。

同じように、社会評論を生業としている人間は、常に新たな言葉を発見しなくてはならない。「こんな悲惨な事件を起こす犯人は人間じゃないですね」とか、「子供を放り出して遊びに行く母親なんて許せませんね」とか、あるいは「地方は疲弊しているというのに、国はなぜ何もしようとしないのですかね」とか、そんな現状を追認しただけの言葉をいくら並べても、問題は何ひとつ解決しない。

未成年の凶悪事件が起きると、母親はどのような育て方をしたのか、という議論になるようだ。母親の手記を読んだり、家庭環境を調べたりして、その病理を探そうとしても、あまり有効な手段ではないと、僕は思う。

原因をすべて個人に帰しても、あるいはすべてを社会に帰しても、それは間違いだろう。そんな当たり前の分析や、現状を追認するだけの報道ならば、それは害の方が勝ると僕は思う。報道がまた新たな模倣を加速させ、事件の引き金にならないと、誰が断言できるだろう。

現実には報道をストップすることなどできないのだから、もっと有効な言葉を使って、この社会を分析していくしか、評論家やジャーナリズムの意義はないのではないか。

現代日本ほど言葉が軽んじられた時代はないだろう。若者たちが次々と新しい言葉を発明しては使い捨てにしていくのと同じように、評論家は何ひとつ有効な言葉を見つけ出せず、テレビは模倣された言葉を無批判に垂れ流していくばかりだ。

それどころか、「KY（空気が読めない）」といった若者言葉が突然脚光を浴び、いいオトナがそれをまねて使う。「KY」という略語に言葉としての温かみや本質はほとんどない。しかし、それでもまだ若者たちが仲間内で使っているうちはわずかに残っていたはずの言葉の体温やある種の有効性は、世間に流布したとたんに失われ、流行遅れの冷たい言葉に成り下がってしまう。

こんな若者言葉を面白がって報道したり、模倣したりしている場合ではないのである。ある現実を言い当てるときに、表現に豊かな内実を持たせて、それを社会に再び転化するような力を持つ「言葉」を生み出すことこそが本来、文化的な仕事なのだ。

今こそ必要な言葉の有効性

こんなふうに言葉が有効性を失いつつある現状は、ネット社会が招いた部分もあると思う。言葉を失ったジャーナリズムが無意味な言葉を再生産しているように、ネットはさらに模倣された言葉を激しく流通させる。

映画評論で言えば、映画を作った当の監督が驚くような、「なるほど、オレが作った映画にはこんな意味があったのか」と、作者自身をハッと目覚めさせ、作者の無意識をも再認識させるような評論にはめったにお目にかかれない。それが今、できているのはスタジオジブリの鈴木敏夫プロデューサーぐらいだろう。

だが、今必要とされているのは、映画評論などではなく、この社会を、このろくでもない社会全体を言い当てる鋭い論評なのだ。

僕らには言葉が必要だ。有効な言葉が必要なのである。

それがないままに軽いコトバだけが、テレビやネットの上で無意味に模倣され続ける結果、ある状況に陥った人間がヤリ玉に挙げられ、よってたかって叩きのめされるという、社会的リンチ状態が発生するようになった。

本当にろくでもない時代が訪れたものだ。こんな時代には、いくらか斜に構えて、いい加減に生きるぐらいしか、僕らには有効な手立てはないように思う。そんなふうに思ったことが、本書を著すきっかけだった。

今夏公開される映画『スカイ・クロラ The Sky Crawlers』は、今の僕が若者に向けて放つメッセージである。映画監督としては精いっぱいに本質をえぐり出し、若者たちの置かれた状況を映像に投影したつもりだ。

もちろんエンタテインメントとして成立することを第一義に考えて作ったし、今の日本の若者がそのまま登場するわけではない。それでも、そこには何かしらの問題提起を込めたつもりだ。この作品を見た誰かが、僕には映像にすることはできても、言葉にすることが到底できなかった何かしらの本質のありかを、ずばりと言い当ててくれたらうれしいと思う。

それが現実になったら、評論の専門家ではない僕が、こうして拙《つたな》い言葉を連ねて本書を著した理由が、少しくらいはあったと言えるだろうから。

著者略歴

押井 守《おしいまもる》

1951年、東京生まれ。

アニメーション・実写映画監督。

『うる星やつら2 ビューティフル・ドリーマー』(84)、

『機動警察パトレイバー 劇場版』(89)など、数々の劇場作品を手がける。

『GHOST IN THE SHELL/攻殻機動隊』(95)は日米英で同時公開され、
海外の著名監督に大きな影響を与えた。

『イノセンス』(2004)は全世界で公開、
日本のアニメーション映画としては初めての、
カンヌ国際映画祭オフィシャルコンペティション部門ノミネート作品となる。

2008年8月に『スカイ・クロラ The Sky Crawlers』が公開。

著書に『他力本願 仕事で負けない7つの力』(幻冬舎)がある。

幻冬舎新書 090

凡人として生きるということ

二〇〇八年七月三十日　第一刷発行
二〇一五年七月　十　日　第七刷発行

著者　押井　守
発行人　見城　徹
編集人　志儀保博

発行所　株式会社　幻冬舎
〒一五一-〇〇五一東京都渋谷区千駄ヶ谷四-九-七
電話　〇三-五四一一-六二一一(編集)
　　　〇三-五四一一-六二二二(営業)
振替　〇〇一二〇-八-七六七六四三

ブックデザイン　鈴木成一デザイン室

印刷・製本所　図書印刷株式会社

Printed in Japan ISBN978-4-344-98089-1 C0295
お-5-1

幻冬舎ホームページアドレス http://www.gentosha.co.jp/
＊この本に関するご意見・ご感想をメールでお寄せいただく場合は、comment@gentosha.co.jp まで。

幻冬舎新書

香山リカ
スピリチュアルにハマる人、ハマらない人

いま「魂」「守護霊」「前世」の話題が明るく普通に語られるのはなぜか？　死生観の混乱、内向き志向などとも通底する、スピリチュアル・ブームの深層にひそむ日本人のメンタリティの変化を読む。

小浜逸郎
死にたくないが、生きたくもない。

死ぬまであと二十年。僕ら団塊の世代を早く「老人」と認めてくれ——「生涯現役」「アンチエイジング」など「老い」をめぐる時代の空気への違和感を吐露しつつ問う、枯れるように死んでいくための哲学。

白川道
大人のための嘘のたしなみ

仕事がうまくいかない、異性と上手につき合えない……すべては嘘が下手なせい！　波瀾万丈な半生の中で多種多様な嘘にまみれてきた著者が、嘘のつき方・つき合い方を指南する現代人必読の書。

団鬼六
快楽なくして何が人生

快楽の追求こそ人間の本性にかなった生き方である。だが、自分がこれまでに得た快楽は、はたして本物だったのか？　透析を拒否するSM文豪が破滅的快楽主義を通して人生の価値を問い直す！

幻冬舎新書

みのもんた
義理と人情
僕はなぜ働くのか

仕事は「好き」から「楽しい」で一人前、1円玉を拾え、人の心を打つのは「本気」だけ。ひと月のレギュラー番組三十二本、一日の睡眠時間三時間。「日本一働く男」の仕事とお金の哲学。

小島貴子
働く意味

働く意味がわからない、正社員として働くメリットがわからないなど、若者たちは大人には理解できない悩みで苦しんでいる。そんな「働く悩み」にカリスマ・キャリアカウンセラーが答える。親や上司必読の書。

川崎昌平
ネットカフェ難民
ドキュメント「最底辺生活」

金も職も技能もない25歳のニートが、ある日突然、実家の六畳間からネットカフェの一畳ちょいの空間に居を移した。やがて目に見えないところで次々に荒廃が始まる――これこそが、現代の貧困だ！　実録・社会の危機。

波頭亮　茂木健一郎
日本人の精神と資本主義の倫理

経済繁栄一辺倒で無個性・無批判の現代ニッポン社会はいったいどこへ向かっているのか。気鋭の論客二人が繰り広げるプロフェッショナル論、仕事論、メディア論、文化論、格差論、教育論。

幻冬舎新書

正木晃
密教的生活のすすめ

宗教学をわかりやすく解説することで知られる著者が、密教の修行法の中から一般人でも簡単に実践でき、確実に効果のあるものを選び、やさしく解説する。体と心が変わる密教的生活のすすめ!!

大林宣彦
なぜ若者は老人に席を譲らなくなったのか

大人を尊敬できない子供と、子供を尊重できない大人の増加が、人心の崩壊を加速させている。すべての責任は我々大人にある。子供の心を尊重しつつ、日本古来の文化を伝えていこう。

福澤徹三
自分に適した仕事がないと思ったら読む本
落ちこぼれの就職・転職術

拡大する賃金格差は、能力でも労働時間でもなく単に「入った企業の差」。この格差社会で「就職」をどうとらえ、どう活かすべきか? マニュアル的発想に頼らない、親子で考える就職哲学。

古田隆彦
日本人はどこまで減るか
人口減少社会のパラダイム・シフト

二〇〇四年の一億二七八〇万人をもって日本の人口はピークを迎え〇五年から減少し続ける。四二年には一億人を割り、百年後には三分の一に。これは危機なのか? 未来を大胆に予測した文明論。